Walter Landin

Mord im Quadrat

wellhöfer VERLAG

Walter Landin, 1952 in Dirmstein geboren, lebt seit 1974 in Mannheim. Seine Prosa, Lyrik, Theaterstücke und Kriminalerzählungen wurden mit zahlreichen Literaturpreisen bedacht. Veröffentlichungen u.a.: Wenn erst Gras wächst (1985), Dorfluft (1988), Das Gras die Stille der Mohn (1999), Das kalte Herz (Hörbuch 2003), Wu bitte is die Speisekart? (2005), Mord im Quadrat (Buch und Hörbuch 2007), Mannheimer Karussell (2008).
www.landin.de

Wellhöfer Verlag
Ulrich Wellhöfer
Weinbergstraße 26
68259 Mannheim
Tel. 0621/7188167
www.wellhoefer-verlag.de

Titelfoto: Thommy Mardo, Mannheim
Titelgestaltung: Uwe Schnieders, Fa. Pixelhall, Mühlhausen
Lektorat und Korrekturen: Irene, Julia und Florian Landin, Nicole Fieber
Satz: Bittner-Dokumedia, Wollstadt

Alle Erzählungen aus „Mord im Quadrat“ sind frei erfunden. Ähnlichkeiten mit wirklichen Personen oder tatsächlichen Ereignissen sind nicht beabsichtigt und somit rein zufällig.

4. Auflage Mai 2008

ISBN 978-3-939540-14-4

Inhaltsverzeichnis

Für Julia und Florian

Künstlerpech

Jeden Morgen, gleich nachdem sie aufgestanden war, ging sie zum Fenster und schaute, wie das Wetter war. War der Himmel grau, regnete es, wirkte der neue Tag alles andere als einladend, dann musste sie an Griechenland denken. Mit den Jahren verklärten sich ihre Erinnerungen, blendete sie die schlechten Erfahrungen aus. Und an manchem Morgen wurde sie regelrecht wütend, wenn sie das Wetter hier sah. Aber diese Momente gingen immer schnell vorbei. Heute Morgen störte sie etwas. Sie zog den Vorhang zurück, öffnete das Fenster und musterte das Fleckchen Erde, das ihr so vertraut war. Was sie sah, verursachte ihr eine Gänsehaut.

Die Plastiken in ihrem Garten irritierten die Nachbarn, seltsame Exponate aus Holz und Draht, schlanke Wesen, die an Insekten erinnerten. Ihr Mann machte sich über sie lustig, wenn sie wieder ein Kunstwerk im Garten platzierte.

Der Steinhaufen mitten auf dem Rasen war klein und fiel kaum auf. Trotzdem starrte sie ihn wie elektrisiert an. Und obwohl der Himmel strahlend blau war und die Märzsonne schon ein wenig wärmte, obwohl sie wettermäßig gesehen keinen Grund hatte, an Griechenland zu denken, dachte sie daran. Vier rötliche Sandsteine übereinander geschichtet, die unteren rechteckig, nach oben kleiner werdend, oben ein rundlicher Stein als Abschluss, fertig war die Skulptur.

Griechenland. 1994. Vier Wochen im Sommer. War das schon fast zwölf Jahre her? Studium erfolgreich abgeschlossen, Fachärztin, auf Tropenmedizin spezialisiert, Anstellung am Tropeninstitut in Heidelberg in Aussicht. Als Belohnung hatten ihre Eltern den Urlaub spendiert.

Sie war allein geflogen, Gunther hatte gerade im Theresien-Krankenhaus angefangen und keinen Urlaub bekommen. Ithaka, auf den Spuren des Odysseus. Sie hatte gleich am ersten Tag Theofanos kennen gelernt, am zweiten Abend hatte sie ihn mit auf ihr Zimmer genommen. Von da an wich er ihr nicht mehr von der Seite.

Sie musste sich losreißen, durfte nicht ewig am Fenster stehen. Ihr Mann war für einige Tage auf einem Kongress. Die Kinder mussten geweckt werden, damit sie nicht zu spät zur Schule und in den Kindergarten kamen, Gymnasium, fünfte Klasse, das Mädchen, der Junge seit drei Wochen im Kindergarten. Dann wurde es auch Zeit fürs Institut, um zehn Uhr Besprechung.

Am Strand liegen. Oder lange Spaziergänge ins Innere der Insel machen, zu den Ruinen von Paleochora, in die Nymphengrotte, oder einfach ohne besonderes Ziel loswandern, vorbei an Weinbergen und Olivenhainen. Theofanos himmelte sie an, träumte von einer gemeinsamen Zukunft, wollte mit nach Deutschland, wollte sie heiraten. Sie lachte ihn nur aus, genoss die Urlaubstage, wusste, dass sie Ende Juni abreisen würde, dass die Beziehung nichts als ein Urlaubsflirt war, dass Theofanos in ihrer Lebensplanung keine Rolle spielte. Überhaupt keine! Der Hochzeitstermin mit Gunther stand fest. Sie schloss das Fenster, zog den Vorhang zu und verließ das Schlafzimmer.

Inga war zu spät aus dem Haus gegangen. Hoffentlich erreichte sie noch den Schulbus. Maximilian hatte geweint, als sie ihn im Kindergarten abgegeben hatte. Erst im Auto nach Heidelberg fielen ihr die aufgeschichteten Steine auf dem Rasen wieder ein. Die Steine am Wegrand ihrer Wanderungen, die Fotos, die sie von den Steinskulpturen gemacht hatte, mit und ohne Theofanos. Sie hatte es seinen kleinen Tick genannt. Während der

Wanderungen hatte er Steine gesucht, immer drei rechteckige und einen runden, hatte sich überall mit seinen Skulpturen verewigt. Bin gespannt, ob sie noch stehen, wenn wir das nächste Mal hier vorbeikommen. Meist waren sie, zu ihrem Erstaunen, unversehrt. Sie parkte das Auto auf dem reservierten Parkplatz im Neuenheimer Feld, schaute auf die Uhr, fünf vor zehn. Sie würde gerade noch rechtzeitig kommen.

Nach zwei Wochen stolperten sie fast überall über Theofanos' künstlerische Ergüsse. Die Tage vergingen. Der Urlaub neigte sich dem Ende zu. Einige Tage vor ihrer Abreise kam es zum Streit. Sie erklärte Theofanos, dass sie allein fahren werde, dass der Urlaub und die Tage mit ihm wunderschön gewesen seien, dass sie ihn aber nicht liebe, eine schöne Urlaubserinnerung, an die sie gerne zurückdenke, mehr jedoch nicht. Die letzten Tage hatte sie in wenig guter Erinnerung behalten. Theofanos bedrohte sie, flehte sie im nächsten Moment auf Knien an, um kurz darauf zu schreien und um sich zu schlagen, weinte jämmerlich und flippte umgehend wieder aus. Sie verbot ihm, sie im Hotel zu besuchen. Kurze Zeit dachte sie darüber nach, bei der Hotelverwaltung ein Hausverbot zu erwirken, ließ es dann aber doch bleiben. Er lauerte ihr am Pool auf, auf dem Markt. Sie drohte ihm gegenüber mit der Polizei, wohl wissend, dass diese sie nur auslachen würde, wenn sie mit ihren Anschuldigungen ankäme. Nichts half. Im Gegenteil. Seine Ausbrüche nahmen zu. Die letzten Tage waren eine Qual. Sie schloss sich in ihrem Hotelzimmer ein, ließ sich das Essen hochbringen, verließ das Hotel nicht mehr. Sie teilte der Rezeption mit, dass sie keinerlei Kontakt mit Theofanos mehr wünsche. Der erhielt von der Hotelleitung Hausverbot. Doch selbst am Tag ihrer Abreise lauerte Theofanos ihr auf, versteckte sich hinter dem Oleander am Eingang, stürzte sich auf sie, warf sie zu Boden, schlug auf sie ein, versuchte sie zu würgen. Nur der Geistesgegenwart des Pagen war es zu verdanken, dass sie nur einige Abschürfungen und Prellungen davontrug. Und die Würgemale am Hals. Sie verzichtete auf eine Anzeige, ließ sich nicht, wie die Hotelleitung es wünschte, von einem Notarzt untersuchen. Sie wollte weg, nur weg, wollte zum Flughafen, wollte nach Hause, wollte Theofanos nie wieder sehen in ihrem Leben. Wie war sie froh, als sie endlich im Flugzeug saß.

Die Zeit deckte die negativen Erfahrungen der letzten Tage mehr und mehr zu. Zurück blieben die Erinnerungen an die Leichtigkeit ihres Aufenthaltes, bis gestern Morgen zumindest.

Vorhin bei der Besprechung hatte der Professor sie vor versammelter Mannschaft vorgeführt, hatte festgestellt, dass sie unkonzentriert wirke.

Sie rief zu Hause an, Inga meldete sich. Sie ließ dem Kindermädchen ausrichten, dass es später werde. Sie musste unbedingt die Ablage durcharbeiten.

Anfangs waren Briefe an die Adresse ihrer Eltern gekommen, damals hatte sie dort gewohnt, Briefe, geschrieben in ungelenker Druckschrift mit vielen Fehlern. Einmal ließ sie sich sogar zu einer Antwort hinreißen, schwärmte vom Urlaub, vom tollen Wetter, von der Schönheit der Insel, wünschte ihm zum Schluss alles Gute in seinem Leben. Eine gemeinsame Zukunft mit so einem Menschen, unmöglich, dachte sie jedes Mal, wenn sie wieder einen Brief in Händen hielt. Sie war mit Gunther zusammengezogen, dann die Hochzeit im August 94, Anfang März 95 Ingas Geburt, mehrmaliger Umzug, schließlich das Haus im Niederfeld, vor vier Jahren, als sie schon Abteilungsleiterin war, die Geburt von Maximilian. Karriere und Familie unter einen Hut gebracht. Das hatte sie zumindest die ganzen Jahre über geglaubt.

Als sie das Institut verließ, war es schon halb sieben. Sie startete den Motor. Ihr Blick fiel zufällig auf die Blumenrabatte. Die kleine Steinskulptur war nicht zu übersehen.

Die Tage vergingen. Gunther kam vom Kongress zurück. Alles ging wieder seinen geregelten Gang. Geregelt? Sie wurde auf Schritt und Tritt beobachtet. Wo sie auch hinging, ob sie Inga in die Schule brachte, Maximilian im Kindergarten abgab, im Waldpark am Rhein joggte, sich in der Sauna entspannte, im Supermarkt in der Nähe einkaufte, überall stolperte sie über die Steinskulpturen. Er beobachtete sie, war über jeden Schritt von ihr informiert und blieb doch unsichtbar. Wenn er sich wenigstens melden würde, wenn er sagen würde, was er wollte, was er vorhabe, dann könnte sie reagieren, könnte mit ihm reden, könnte ihm, wenn das das Problem wäre, mit Geld aushelfen. Sie war schließlich wohlhabend. Aber er musste sich melden. So konnte es nicht weitergehen. Sie konnte sich bei der Arbeit nicht mehr konzentrieren. Nicht nur der Professor äußerte sich über die Qualität ihrer Arbeit, auch die Kollegen fingen an zu reden. Zu Hause bedrängte sie ihr Mann, fragte, was los sei, ob sie Schwierigkeiten habe, machte Andeutungen, fragte dann unverblümt, ob sie einen Liebhaber habe, glaubte ihr nicht. Auf jeden Fall musste sie verhindern, dass sich Gunther und Theofanos über den Weg liefen. Gunther mit seiner Eifersucht. Wenn der Theofanos sah, konnte er eins und eins zusammenzählen. Das Fleckchen Erde, auf dem sie ihr Leben aufgebaut hatte, Haus, Garten, Ehe, Kinder, Erfolg im Beruf, das ließ sie sich doch nicht von einem Urlaubsflirt kaputt machen. Von einem halben Analphabeten noch dazu, dachte sie theatralisch.

So geht es nicht weiter, beschloss sie. Wenn Theofanos sich bedeckt hielt, dann musste sie eben aktiv werden.

Die Vorbereitungen für Ingas Geburtstag durfte sie nicht vergessen.

Sie trug das gelbe Kostüm mit dem kurzen Rock. Es passte ihr noch. Wann hatte sie es zuletzt getragen? Auf jeden Fall an ihrem ersten Abend auf Ithaka, als sie Theofanos kennengelernt hatte. Mit dem Hut kam sie sich fremd vor. Was würden die Nachbarn denken? Aber sie hatte ja zum Glück die dunkle Sonnenbrille. Dass sie die noch gefunden hatte! Die Steinskulptur neben dem Auto übersah sie. Sie war sicher, dass sie beobachtet wurde. Und den Wink mit dem gelben Kostüm würde er kapieren. Sie hatte Theofanos auf einer Parkbank kennen gelernt. Sie hatte damals eben dieses gelbe Kostüm getragen.

Theofanos setzt sich neben sie. Sein langes, pechschwarzes Haar weht im Wind. Wenn sie durch Ingas Haare fuhr, musste sie an Theofanos denken. Die Sonnenbrille hat er lässig in die Haare gesteckt. Er blättert in der Sportzeitung, ist jedoch nicht auf die Artikel konzentriert, das spürt sie. Er schielt zu ihr herüber. Sie hat Lust auf einen Urlaubsflirt, lächelt ihn an. Gunther ist weit weg. Und mit dem Urlaub wäre alles vorbei und vorüber.

Sie parkte in den M-Quadraten ganz in der Nähe, machte einmal den Rundgang durch die Lauerschen Gärten, überlegte die ganze Zeit, welche Parkbank sie nehmen sollte, entschied sich schließlich für die Bank in der Nähe der Gedenktafel, die lag abgelegen, hier kam kaum jemand vorbei. Sie hatte sich gerade gesetzt, da sah sie ihn. Sie hatte ihn richtig eingeschätzt. Er war ihr gefolgt, spielte das Spiel mit. Er kam vom Kurpfalz-Gymnasium, schlenderte langsam die Treppe herunter. Er war älter geworden, das Haar kürzer, leicht grau, aber das Schwarz war noch vorherrschend. Er hatte sich gut gehalten.

Schlank und rank. Ganz im Gegensatz zu Gunther. Er trug einen hellen Anzug, Leinen, modisch zerknittert. Sie hatte ihm nicht so viel Stil zugetraut. Der Hut war tief in die Stirn gezogen, die Sonnenbrille verdeckte seine Augen. Er sah sie nicht an. Er setzte sich neben sie auf die Bank, leicht von ihr abgewandt. Er machte es spannend. Sie sah seinen Nacken, seinen Hals. Er faltete die Zeitung auseinander. Die Süddeutsche! Verstand er die überhaupt? Sie war gespannt, wie er das Gespräch beginnen würde, aber er machte keine Anstalten zur Kontaktaufnahme. Er schien in seine Lektüre vertieft. Er könnte jetzt mit dem Versteckspiel aufhören, dachte sie. Das hatten sie doch schon tagelang praktiziert. Sie sah sich aufstehen, die Hände in die Hüften stemmen.

„Du legst jetzt auf der Stelle die Zeitung weg und sagst mir, was du willst."

Sie unterdrückte den Impuls, atmete tief durch, ruhig bleiben. Warum sollte sie überhaupt mit ihm reden? Er hatte sie all die Tage zappeln lassen, hatte sie mit seinen Zeichen fast in den Wahnsinn getrieben. Er war krank, ein Psychopath! Wie konnte sie das nur vergessen? Seine Auftritte zum Ende ihres Griechenland-Urlaubes. Ihre Prellungen, ihre Hautabschürfungen. Die Würgemale am Hals. Wenn er jetzt noch Inga zu Gesicht bekam! Oder hatte er schon? Nicht auszudenken! Sie würde nicht mit ihm reden. Sie würde handeln, so wie sie es sich vorgenommen hatte. Vorsichtig zog sie die Einwegspritze aus der Handtasche. Sie war spielend einfach an das Gift gekommen. Kollege Weiner im Urlaub. Sie hatte gut dosiert. Sie rammte ihm die Nadel in das seitliche Halsdreieck, presste den Stempel zum Anschlag durch. Bevor er eine Reaktion zeigte, hatte sie die Nadel herausgerissen und rannte los. Zuerst starker Schmerz an der Einstichstelle, dann Schweißausbrüche, Blutdruckabfall, Lähmung der Muskulatur, Herzrhythmusstörungen, Atemnot, Krämpfe,

Ohnmacht. Todesursache Atemlähmung und Herzstillstand durch Kammerflimmern, durchschnittlich nach ein bis sechs Stunden. Der Tod würde viel eher eintreten. Sie hatte wirklich gut dosiert. Und durch den Einstich im Hals entfaltete sich das Gift aus den Stacheldrüsen des Steinfischs rasend schnell. Als der Schrei, der ihr irgendwie fremd vorkam, ertönte, war sie schon auf dem Hauptweg. In Panik klingt jede Stimme fremd, sagte sie sich. Und außerdem verändert sich eine Stimme in zwölf Jahren.

Sie schaute aus dem Fenster. Sie wollte nach dem Wetter sehen. Das machte sie oft, wenn sie aufstand. Es regnete Bindfäden und sie musste natürlich an Griechenland denken. Heute Morgen stieg kein Groll in ihr hoch, sie verfluchte nicht das schlechte Wetter. Sie fühlte sich leicht und beschwingt. Liebevoll betrachtete sie ihre Plastiken im Garten. Wann hatte sie die letzte angefertigt? Das musste schon eine Ewigkeit her sein. Die Arbeit im Tropeninstitut, die Kinder, da blieb keine Zeit mehr für künstlerische Betätigungen. Sie nahm sich vor, ein neues Projekt in Angriff zu nehmen, jetzt, nachdem alles überstanden war. Dann sah sie den Steinhaufen mitten auf dem Rasen, vier Steine zu einer kleinen Skulptur aufeinander geschichtet, sich nach oben verjüngend, der letzte Stein leicht gerundet. Sie war sicher, dass der Rasen gestern Abend leer gewesen war. Maximilians Fußball und Ingas Stelzen hatte sie selbst eigenhändig weggeräumt.

Mein Verdacht

Ich halte die Luft an. Es fällt mir schwer, dem Gespräch weiter zu folgen. Er raucht Braniff-Zigarillos! Ich starre auf seine Hand, die den Zigarillo hält. Mein Freund raucht Braniff-Zigarillos. Es geht nicht, ich kann meinen Blick nicht abwenden von seiner Hand, von diesem Zigarillo. Wer raucht schon diese Marke? Ein kalter Schauer läuft mir über den Rücken. Mein Freund raucht schon ewig Zigarillos. Wenn ich gestern gefragt worden wäre, welche Marke er rauche, ich hätte passen müssen.

Braniff-Zigarillos sollen eine äußerst seltene Marke sein. In Mannheim gebe es nur zwei Geschäfte, die diese Marke im Sortiment hätten.

Er winkt der Kellnerin. Er bestellt noch eine Flasche Sekt.

„Du bist eingeladen, weißt du doch", meint er.

Und ich wundere mich. Ich kann mich nicht erinnern, dass er mich jemals eingeladen hat. Wenn wir einen trinken gingen, war meist ich es, der die Zeche zahlte. Mein Freund war schließlich immer abgebrannt.

Braniff-Zigarillos. Sachdienliche Hinweise nimmt jede Polizeidienststelle entgegen.

Des Öfteren hatte er sich von mir Geld geliehen. Unser letztes Treffen lag ein halbes Jahr zurück. Wir hatten längere Zeit nichts voneinander gehört. Sein Anruf war überraschend gekommen. Wir trafen uns auf der Gartenterrasse vom Schlösschen in Seckenheim, der Blick auf den Neckar ist einzigartig. Er kam gleich zur Sache. Er sei blank, brauche dringend Geld. Zweihundert Euro, so viel wollte er. Wir einigten uns auf hundert. Als er das Geld eingesteckt hatte, verschwand er ziemlich schnell. Die Rechnung übernahm natürlich ich. Ich hatte mir damals geschworen, ihn nicht mehr zu treffen. Ich hatte die Nase gestrichen voll. Gestern, als er anrief, machte ich mir noch keine Gedanken über Zigarillomarken. Ich war kurz angebunden, hatte keine Lust darauf, ihn zu sehen.

„Ich schulde dir noch was. Zier dich nicht so, ich lade dich ein, morgen um sieben im Onyx, du kommst doch?"

„In Ordnung", sagte ich und ärgerte mich über mich selbst.

Jetzt sitze ich ihm gegenüber und er raucht diese Zigarillos.

Er kannte die Örtlichkeiten genau. Im Herbst war er ziellos in der Gegend herumgefahren. Dabei hatte er den Vorort kennen gelernt. Anfang Dezember war er zwei Mal mit der Straßenbahn über die Brücke gefahren. Er hatte kein Auto. Wovon sollte er das bezahlen? Mit der Bahn von Mannheim nach Ludwigshafen, dann mit dem Bus weiter in den Vorort. Für die Apotheke hatte er sich mehr zufällig entschieden. Sie lag ganz in der Nähe der Haltestelle. Nur ein paar Meter zu Fuß. Seine Beine taten ihm weh, die Knöchel waren geschwollen. Vor fünf Jahren hatte er 80 Kilo gewogen. Jetzt war er bei 120. Er ging keinen Meter zu viel. Er schaute auf die Uhr, zwanzig nach sechs. Es wurde früh dunkel. Es waren viele Menschen unterwegs. Doch der Strom der Menschen lief an dem Haus vorbei, in dem sich die Apotheke befand. Sie lag in einer Seitenstraße, etwas abgelegen. Für seinen Plan die optimale Lage, fand er. Vor drei Wochen hatte er Handschellen gekauft, das blaue Nylonband und den breiten Klebestreifen. Die Gaspistole hatte er seinem Sohn abgenommen. Es war der 23. Dezember, kurz vor halb sieben. In der Apotheke war nicht viel los. Punkt 19 Uhr würde die Apothekenhelferin die Tür abschließen. Der letzte Kunde würde bestimmt schon einige Minuten früher das Geschäft verlassen haben. So war es gewesen, als er Anfang Dezember beschlossen hatte, die Sache hier durchzuziehen. Die letzten Weihnachtseinkäufe. Die Menschen wirkten gehetzt. Vorhin in der Bahn war er aufgeregt gewesen, hatte alle paar Sekunden die Wodkaflasche angesetzt. Schon am Ludwigsplatz war sie leer gewesen. Einem ersten Impuls folgend wollte er sie in den Papierkorb an der Haltestelle werfen. Er hatte es nicht getan. Er würde keine Spuren hinterlassen, clever wie er war. Dieses Jahr würde er feiern. Dieses Jahr würde er Geld haben. Dieses Jahr würde an Weihnachten alles anders sein. So hatte er es geplant. Er steckte sich einen Zigarillo an. Es war der 23. Dezember, 18:42 Uhr.

„Und, was machst du so?“

Er wartet die Antwort nicht ab. Ich kenne das Ritual, also versuche ich erst gar nicht, auf seine Frage zu antworten. Und wirklich legt er los, erzählt von sich, Durststrecke, ab und zu sogar Hartz IV als letzter Rettungsanker, endlich gehe es wieder aufwärts, ein Deal, zwei Bilder, eine Skulptur verkauft, 1500 Euro. 1500 Euro, mein Herzschlag beschleunigt sich. Alles werde anders, alles werde besser. Ich nicke immer mal wieder. Er hat kein Auto, fällt mir ein.

Die Polizei vermutet, dass der Täter mit dem Bus unterwegs war. Braniff Zigarillos. 1500 Euro. 1500! Mit den EC-Karten der drei Opfer war das Geld noch in der Tatnacht abgehoben worden. In der Filiale der Deutschen Bank am Wasserturm. Wenige Stunden nach der Tat.

Hat mein Freund etwas mit der Sache zu tun? Ich versuche den Gedanken zu verscheuchen. Aber er lässt mich nicht mehr los, beißt sich fest, gräbt sich ein. Sachdienliche Hinweise. Vertrauliche Nummer bei der Polizei. Und mein Freund redet und redet, erzählt von seinen Bildern, von den Skulpturen, erzählt von Rückschlägen, erzählt von früher. Von der Mathearbeit, die wir unserem Lehrer einen Tag vorher aus der Tasche gezogen hatten. Am

Nachmittag die Aufgaben durchgerechnet, am nächsten Morgen die Lösungen verteilt, einige Fehler eingebaut für die schwächeren Schüler, damit der Schwindel nicht zu offensichtlich war. Das strahlende Gesicht unseres Lehrers bei der Rückgabe, Traumschnitt von 2,6. Die Skepsis als mein Freund eine Aufgabe an der Tafel vorrechnen sollte und nichts auf die Reihe brachte. Er erzählt ohne Punkt und Komma, lediglich unterbrochen von der Kellnerin, die die zweite Flasche Sekt bringt. Schon bei seinem Anruf gestern hätte ich Verdacht schöpfen sollen. Schulden zurückzahlen! Das war noch nie vorgekommen. Mit gemischten Gefühlen zum Treffpunkt. Der Anruf nur ein Trick, da war ich mir sicher. Bestimmt würde er mich wieder um Geld anhauen. Wir umarmten uns. Er hatte wieder zugelegt. Jedes Mal, wenn wir uns trafen, hatte er einige Kilo zugelegt. Sicher, er war schon immer gut beieinander gewesen, aber allmählich ... Noch bevor wir uns setzten, drückte er mir das Geld in die Hand. Er bezahlte tatsächlich seine Schulden. Spätestens jetzt hätte ich stutzig werden müssen. Aber erst die Zigarillos hatten bei mir die Alarmglocken schrillen lassen.

Um fünf vor sieben verließ die letzte Kundin die Apotheke. Er schaute sich um. Die Straße war menschenleer. Sollte er den Moment abpassen, bis sie die Tür zuschloss? Es kommt niemand mehr, entschied er. Er trat aus der Einfahrt, überquerte den Bürgersteig. Die Apothekenhelferin lächelte ihn an. Ihr Lächeln erstarb. Ihr Mund öffnete sich. Bevor sie einen Laut herausbrachte, drückte er ihr die Pistole an die Schläfe. Er zerrte sie zur nächsten Heizung, das Klicken der Handschellen. Das Geräusch beim Abreißen des Klebestreifens, den er auf ihren Mund drückte. Ihre Augen, die ihn anstarrten.

„Die Schlüssel“, sagte er.

Sie deutete mit dem Kopf auf die Tasche ihres weißen

Kittels. Er sperrte die Tür der Apotheke zu, bewegte sich schnell, trotz seines Gewichtes. Er hörte den Apotheker, der nach seiner Mitarbeiterin rief und den Verkaufsraum betrat. Es ging blitzschnell. Der Apotheker lag auf dem Boden, der kleine Blutfleck am Hinterkopf, das Geräusch, als er den Mann zur Heizung schleifte, und wieder die Handschellen. Er wischte sich den Schweiß von der Stirn. Er steckte sich einen Zigarillo an. Es war der 23. Dezember, 19:08 Uhr.

Warum sitze ich hier? Warum tue ich mir das an? Warum höre ich mir das an? Jetzt ist er inzwischen bei Heiderose angelangt. In der Zwölften waren wir beide in sie verknallt gewesen. Natürlich stach er mich aus. Warum stehe ich nicht auf und gehe? Warum rufe ich nicht einfach die Polizei an?

Stiefeletten. Der Täter trug Stiefeletten. Mein Freund trägt von jeher Cowboystiefel. Ich versuche, einen Blick auf seine Schuhe zu werfen. Natürlich, Cowboystiefel, abartig spitz. Mir gegenüber sitzt ein Fettkloß mit spitzen Cowboystiefeln. Wie kann ein Mensch nur in solchen Schuhen herumlaufen? Zu viel der Zufälle, wirklich!

„Sag mal, hörst du mir überhaupt zu?“

Er reißt mich aus meinen Gedanken.

Für einen Moment verlor er tatsächlich die Kontrolle. Er öffnete die Kasse, glaubte seinen Augen nicht zu trauen. Ein paar erbärmliche Scheine nur. Höchstens 400, eher weniger. Er fluchte, schlug mit der Faust auf die Kasse. Doch schnell hatte er sich wieder in der Gewalt. Er baute sich vor den beiden auf. Der Apotheker war bestimmt über sechzig, er hing zusammengekauert an der Heizung. Die Wunde am Kopf, kein Problem, eine kleine Schürfwunde, eine Beule, die Kopfschmerzen würden bald vergangen sein. Aber die Augen des Apothekers. Diese

Augen. Keine Spur von Angst. Er glaubte, Verachtung in ihnen lesen zu können. Und irgendeine Art von Überlegenheit, die ihn aggressiv werden ließ. Am liebsten hätte er zugeschlagen. Er beherrschte sich. Die Frau war noch jung, vielleicht Mitte 20. Sie wimmerte vor sich hin. In ihren Augen sah er den Abgrund der Angst.

„Die Scheckkarten."

Bereitwillig deutete die Frau mit dem Kopf in Richtung Nebenzimmer. Er riss ihr plötzlich und unerwartet den Klebestreifen ab. Sie stöhnte auf.

„Los, die Scheckkarte!"

„In meiner Handtasche im Nebenzimmer."

„Keinen Ton, sonst..."

Er fand die Karte, im Verkaufsraum war es ruhig.

„Die Geheimnummer", sagte er.

„4711", lautete die Antwort.

Er schlug mit der flachen Hand zu. Sie blutete aus der Nase.

„Soll das ein Witz sein?"

Sie schüttelte den Kopf. An ihren Augen sah er, dass sie die Wahrheit sagte. Die Nummer schrieb er sich nicht auf, die konnte er sich merken. Er klebte ihr den Mund wieder zu. Die Karte des Apothekers bekam er schnell, doch der weigerte sich, den PIN preiszugeben. Zwei Faustschläge ins Gesicht zeigten keine Wirkung. Er holte sein Messer aus der Tasche, packte die rechte Hand des Apothekers, ein tiefer Schnitt in den Handballen, dann noch einer. Noch immer schwieg er. Erst als er die Nylonschnur um den Hals der jungen Frau legte und langsam zuzog, nickte der Apotheker kaum merklich. Die Frau hing apathisch an der Heizung. Ihr Kopf schlug in unregelmäßigem Rhythmus leicht an die Heizrippen. Sie weinte leise. Die Nummer schrieb er sich auf den Unterarm. Es war der 23. Dezember, 19:26 Uhr.

Okay, ganz ruhig bleiben. Nicht die Nerven verlieren. Bestandsaufnahme. Ich sitze hier mit meinem alten Kumpel, der hat gerade seine Schulden bei mir bezahlt, der hat mich eingeladen, Sekt, die zweite Flasche ist fast leer, wir erzählen von früheren Zeiten, die angeblich so viel besser waren. Besser gesagt, er erzählt, seine Augen sind schon ganz glasig. Soweit also alles in Butter. Wäre da nicht dieses viehische Verbrechen. Wären da nicht die vielen Hinweise, die vielen Übereinstimmungen. Zufälle? Mein Freund, der zufällig Braniff-Zigarillos raucht. Mein Freund, der zufällig gerade 1500 Euro verdient hat, mein Freund, der zufällig kein Auto hat, mein Freund, der zufällig Cowboystiefel trägt. Alles passt zusammen. Warum sage ich nicht einfach: „Hör mal, du hast doch auch von diesem Verbrechen gehört in Ludwigshafen." Warum warte ich nicht seine Reaktion ab? Natürlich würde er sich dumm stellen. Und dann? Warum sage ich nicht einfach: „Wie hast du das angestellt?" Warum gehe ich nicht unauffällig zur Toilette und rufe die Polizei an? Meinen Freund verraten? Waren wir jemals Freunde, so richtig, meine ich? Ich sitze ihm gegenüber, unfähig, einen klaren Gedanken zu denken, unfähig, mich zu bewegen, unfähig, einen Entschluss zu fassen, unfähig, in irgendeiner Form die Initiative zu ergreifen. Ich bin das Kaninchen vor der Schlange. Abgedroschen, ich weiß, aber auf den Punkt gebracht.

Er hatte sich mehr erhofft. Ein paar lumpige Scheine, zwei Scheckkarten. Er ging vor dem Apotheker in die Knie. Es fiel ihm schwer. Sein Gewicht.

„Hör gut zu, du rufst jetzt zu Hause bei deiner Familie an. Deine Frau soll herkommen und alles Bargeld, das sie hat, mitbringen. Auch die Scheckkarte. Und versuch bloß nicht, sie zu warnen, sonst geht es der Kleinen schlecht."

Er wedelte mit dem Messer, fühlte sich verdammt professionell. Er wunderte sich, wie reibungslos alles ging. Der Apotheker hatte brav das Telefongespräch geführt. Nur am Ende war er etwas lauter geworden.

„Mach, was ich sage, Schluss jetzt!"

Und dann legte er auf. Nicht einmal eine Viertelstunde später stand die Frau des Apothekers vor der Tür. Er schloss auf. Ehe sie merkte, was vorging, hing sie mit den Handschellen an der Heizung, den Mund verklebt. Auf seinem Unterarm standen zwei Nummern, die 4711 konnte er sich merken. Auf der Rückfahrt würde er das Geld abheben. Dazu die knapp vierhundert aus der Kasse und 160 von der Frau des Apothekers. Er hatte sich mehr erhofft, aber immerhin. Er steckte sich einen Zigarillo an. Er schaute auf die Uhr. Um 20:24 Uhr fuhr der Bus. Den wollte er nicht verpassen. Und schließlich war er hier noch nicht fertig. Es war der 23. Dezember, 19:59 Uhr.

„Was hältst du eigentlich von diesem Verbrechen in Ludwigshafen? Derbe Sache. Und dann noch ausgerechnet in diesem Vorort."

Er grinst.

„Das Grauen lauert hinter der unscheinbarsten Fassade!"

Ich glaube mich verhört zu haben. Jetzt fängt er doch tatsächlich selbst mit dem Thema an, das mich seit Beginn unseres Gespräches nicht mehr losgelassen hat. Und das Schlimmste daran: der Zynismus in seinen Worten, die Bewunderung in seiner Stimme.

„Schrecklich", entgegne ich.

„Klar", meint mein Freund, „aber trotzdem irgendwie genial, konsequent durchgezogen, nur eben viel zu wenig rausgesprungen, im Grunde Peanuts."

„Ja", sage ich, „wie bei deinen Verkäufen."

Er schaut mich an, ist einen Moment irritiert, geht

aber nicht darauf ein. Für einige Augenblicke herrscht Schweigen zwischen uns. Dann vergisst er, dass er beleidigt ist.

„Auf jeden Fall muss der Kerl durch und durch abgebrüht sein."

Über welche Informationen verfügt er? Infos aus erster Hand?

„Das Bekennerschreiben ist schon ein starkes Stück."

Ich weiß nichts von einem Bekennerschreiben.

„Du hast heute noch nicht die Zeitung gelesen?"

Habe ich nicht.

„Ein handschriftliches Schreiben. Ungelenke Schrift, schlechtes Deutsch, Rechtschreibfehler, die Polizei soll in die Irre geführt werden."

Ich frage nach dem Inhalt.

Wie aus der Pistole geschossen kommt die Antwort.

„Herr Socko, wirklich mit ck, in Ludwigshafen war Polizei vor Bank deshalb mit Taxi nach Mannheim zurück. Pseudo-Ausländerdeutsch. Mussen uns nicht suchen wir fliegen Wochenende in Heimat zurück. Witzig, nicht wahr."

Wieso kennt er den Text auswendig? Hätte ich den Artikel in der Zeitung gelesen, ich könnte mich sinngemäß an den Inhalt erinnern, aber ihn Wort für Wort mit allen Fehlern wiedergeben, unmöglich. Es sei denn, ich hätte mir den Text ausgedacht. Dann wäre es kein Problem.

„Die Polizei soll glauben, dass es mehrere Täter sind, soll glauben, dass es sich um Ausländer handelt, Irreführung, darum geht es. Ich bin mir sicher, es ist ein Einzeltäter, ein cleverer Bursche, der irgendwo hier in Mannheim in Sicherheit hockt und sich ins Fäustchen lacht."

Warum gerät er richtig ins Schwärmen, wenn er von diesem Psychopathen spricht? Oder bewundert er nur sich selbst? Eitel war er schon immer. Hielt sich für den

Tollsten, den Größten, den Schönsten, typischer Fall von Profilneurose.

„Warum eigentlich Mannheim?“, frage ich.

„Ist doch klar. Das Geld wurde in Mannheim in den Planken abgehoben, die Zigarillos sind vom Tabakshop im Kaufhaus. Die Handschellen, das blaue Plastikseil, alles stammt aus Mannheim.“

Er ist verdammt gut informiert. Insiderwissen? Oder einfach Infos aus der Zeitung, aus dem Radio? Infos für jeden zugänglich? Zum ersten Mal hat er die Zigarillos erwähnt. Er geht nicht weiter darauf ein. Merkt er nicht, dass er einen Zigarillo nach dem anderen raucht. Braniff-Zigarillos.

Seine Kinder werden Augen machen. Die Tochter, die an ihrem 18. Geburtstag auszog, mit der er kaum mehr Kontakt hatte, seit die Mutter gestorben war. Die wird Augen machen, die Tochter. 250 Euro wird er ihr geben zu Weihnachten. Und sein Sohn, der morgens zur Arbeit geht oder in die Berufsschule. Der am Nachmittag zurückkommt, in seinem Zimmer verschwindet, kaum ein Wort mit ihm redet. Auch ihm wird er 250 Euro schenken. Morgen ist Weihnachten. Noch einmal schlafen, dann ist Bescherung. Für die drei hier in der Apotheke wird die Bescherung vorverlegt. Er konnte sich über die Reihenfolge nicht entscheiden. Der Alte kommt zum Schluss dran. Das war ihm von Anfang an klar gewesen. Der sollte alles mitbekommen, sollte sehen, was ihn erwartete. Aber mit wem anfangen? Er schaute auf die Uhr. Den Bus um 20:24 würde er verpassen. Er würde mit der Kleinen anfangen. Die tat ihm am ehesten leid. Ihre erschreckten, weit aufgerissenen Augen. Die sollte nicht länger als nötig leiden müssen. Dann die Frau des Apothekers. Vollkommen teilnahmslos hing sie an der Heizung. Keinerlei Gefühlsregung. Mit ihr würde er weitermachen. Er war gespannt, ob sie eine Regung zeigen würde, wenn er auf sie zuging, das Seil anlegte, langsam anfing zuzuziehen. Er würde ihr in die Augen sehen in diesem Augenblick. Er warf den Zigarillo auf den Boden und zertrat ihn mit der Hacke. Er holte die Nylonschnur aus der Jackentasche. Es war der 23. Dezember, 20:13 Uhr.

Ich muss wohl definitiv im falschen Film sein. Ich sitze hier mit meinem Freund, wir unterhalten uns über den Dreifach-Mord in Ludwigshafen. Es könnte ein ganz normales Gespräch sein. Ein Gespräch unter Freunden, die sich ein wenig aus den Augen verloren haben, die von alten Zeiten gefaselt haben, die ein Glas nach dem anderen getrunken haben. Früher war alles besser gewesen, was ist das für eine Welt, in der wir da leben und so weiter und so fort. Die alte Leier. Und dann sind die beiden auf ein Ereignis gekommen, das in diesen Tagen hier in aller Munde ist. Das Stadtgespräch sozusagen. Ein durch und durch normales Gespräch. Warum nur habe ich das Gefühl, auf heißen Kohlen zu sitzen? Mein Freund ist gut informiert über den Mord am Apothekerehepaar und der Mitarbeiterin. Die Braniff-Zigarillos. Die hat er nur kurz erwähnt.

„Den werden die Bullen nicht kriegen“, sagt er.

Der Satz steht wie ein Fels zwischen uns. Unumstößlich. Woher kommt seine Gewissheit? Ist er so abgebrüht? Kennt er meine Befürchtungen? Hat er mich längst durchschaut? Spielt er mit mir? Hat er keine Angst, dass ich die Polizei rufe? Wenn er diese drei Menschen getötet hat, fühlt er irgendeinen Skrupel? Empfindet er Schuld? Ich wundere mich, ich sitze jemandem gegenüber, der vielleicht drei Leben auf dem Gewissen hat, und ich bin ruhig. Urplötzlich sind Unruhe und Angst verflogen. Ich habe das Gefühl neben mir zu sitzen, mich aus großer Distanz zu beobachten.

„Das Nylonseil hat er am 11. Dezember um elf Uhr in Mannheim gekauft."

Mein Freund muss jedes Wort aus den Zeitungen förmlich verschlingen. Früher hat er nie Zeitung gelesen. Warum sollte er es jetzt plötzlich? Hat er die Informationen aus einer anderen Quelle?

Er schob die Karte in den Schlitz, 4711, Auszahlung, 500 Euro, es funktionierte, die Apothekenhelferin hatte nicht gelogen. Auch die Karte der Frau funktionierte. Bei der Geheimnummer des Apothekers gab es eine Fehlermeldung. Der Alte hatte ihn ausgetrickst. Ich hätte das Seil noch langsamer zuziehen sollen, dachte er. Den Augenblick intensiver auskosten sollen, bis er unter meinen Händen wegglitt. Eigentlich hatte er am Rathausplatz das Geld abheben wollen. Im letzten Moment entdeckte er den Streifenwagen in der Nähe. Er stieg in die Straßenbahn nach Mannheim. Mit der 4711 zog er nochmals 500 Euro aus dem Automaten. Gerade als er die Karte der Apothekerfrau ein zweites Mal einführen wollte, näherte sich eine Gruppe Jugendlicher dem Bankautomaten.

Zu Hause steckte er jeweils 250 Euro in einen Briefumschlag und schrieb den Namen seiner Tochter und seines Sohnes darauf. Morgen war Weihnachten. Er dachte an seine Frau. Vor fünf Jahren war sie gestorben. Alkohol. Er hatte sie beschworen, hatte sie gewarnt, insgeheim verachtet. Es hatte nichts genutzt. Ihr Tod war dennoch ein Schlag gewesen, den er nicht verwinden konnte, den er schließlich zum Anlass nahm, selbst mit dem Trinken anzufangen. Zuerst kontrolliert, dann immer ausufernder, maßloser. Er schaute auf die Uhr. Mitternacht war vorbei. Es war der 24. Dezember. Weihnachten.

Er steht auf, setzt sich neben mich, schlägt mir auf die Schulter, drückt mich an sich, winkt der Kellnerin, bestellt noch eine Flasche. Ist es die dritte oder schon die vierte? Ich winke ab, will nichts mehr trinken, bin abgefüllt, er drückt mir das Glas in die Hand, prostet mir zu. Ich proste zurück, nehme einen tiefen Schluck, der Sekt prickelt.

„Du hast damals zugeschlagen“, bricht es aus mir heraus. „Als ich dich wegen Heiderose zur Rede stellte, du hast mir einfach ins Gesicht geschlagen. Ich habe geblutet. Du hast ein zweites Mal zugeschlagen. Ein drittes Mal.“

„Du hättest ja zurückschlagen können“, sagt er und drückt mich fester.

Ich sehe sein verzerrtes Gesicht vor mir, als wäre es erst gestern passiert. Ich hatte den Schmerz seiner Schläge nicht gespürt, mit dem Handrücken hatte ich das Blut weggewischt. Die Tränen waren mir über die Backen gelaufen. Keine Tränen des Schmerzes. Tränen der Wut. Tränen der Trauer. Ich hatte geweint, weil er so skrupellos gewesen war, hatte geweint, weil er fähig gewesen war, einfach zuzuschlagen, hatte geweint über meine Unfähigkeit zurückzuschlagen.

Jetzt, da er meine Schultern umklammert hält, traue ich ihm alles zu, auch diese grässliche Geschichte. Gerade noch hat mir der Sekt den Kopf vernebelt, jetzt fühle ich mich mit einem Male wieder klar im Kopf. Er winkt schon wieder der Kellnerin.

Er saß am Küchentisch. Vor ihm ein Stapel Papier, eng beschrieben in seiner krakeligen Schrift. Er hatte alles aufgeschrieben, was an diesem Abend in Ludwigshafen passiert war. Weihnachten war enttäuschend verlaufen. Seine Tochter hatte das Geld eingesteckt, ohne ein Wort zu sagen. Nach einer Stunde war sie verschwunden. Sein Sohn hatte ihn überrascht angeschaut, als er den Umschlag mit dem Geld öffnete. Aber er war auch schnell in sein Zimmer abgehauen. Er saß allein im Wohnzimmer und trank. Als die Flasche leer war, holte er aus der Küche die nächste. Und jetzt saß er in der Küche, vor sich die Blätter mit der Überschrift „Geständnis". Er saß in der Küche. Er wartete.

Wie bin ich nach Hause gekommen? Ich kann mich nur dunkel erinnern. Ich liege auf dem Sofa, mir brummt der Schädel. Draußen ist es bereits hell. Ich muss mehrere Stunden geschlafen haben. Auch wenn ich mich an das Ende meines Treffens nur schemenhaft erinnere, mein Verdacht ist allgegenwärtig, beherrscht jede Faser meines Gehirns. Ich richte mich auf, schaue aus dem Fenster. Mein Auto ist nicht vor dem Haus geparkt. Langsam kommt die Erinnerung zurück. Ich muss die Kellnerin gebeten haben, mir ein Taxi zu rufen. Nein, ich habe meinen Freund nicht mit meinem Verdacht konfrontiert, da bin ich mir sicher, ich habe ihm im Lokal keine Szene gemacht. Ich habe mich freundlich aber bestimmt aus seinem Griff befreit, bin einfach aufgestanden, habe gesagt, dass ich jetzt gehen müsse, dass ich noch eine Verabredung habe und bin auch tatsächlich gegangen, obwohl er protestierte. Im Nachhinein ist es mir schleierhaft, wie ich mich so beherrschen konnte.

Mein Schmerz pocht hinter dem linken Auge, ich kann keinen klaren Gedanken fassen. Ich greife nach der Fernbedienung, schalte den Fernseher ein, zappe im Schnelldurchgang durch die Kanäle und bleibe beim Regionalsender hängen.

„Der Dreifachmord ist aufgeklärt. Der überraschende Fahndungserfolg kam über die Spur der Braniff-Zigarillos zustande."

Nach und nach setze ich die Fetzen zusammen. Der Dreifach-Mörder ist gefasst, ein in den Quadraten wohnhafter 52 Jahre alter Sozialhilfeempfänger. Ein Foto wird eingeblendet. Ein heruntergekommener Mann in lila Sweatshirt und schwarzen, ausgebeulten Jogginghosen. Außer der Korpulenz keinerlei Ähnlichkeit mit meinem Freund. Der ist zudem viel jünger! Wie konnte ich ihn nur verdächtigen? Es soll ein schriftliches Geständnis existieren, die Zigarillos sollen ihm das Genick gebrochen haben. Eine Verkäuferin habe Verdacht geschöpft und sich an die Polizei gewandt. Der Spuk sei vorbei. Der Moderator kündigt ein Interview zur Festnahme an. Ich lasse mehrere Werbespots über mich ergehen. Dann endlich begrüßt der Reporter Kriminalhauptkommissar Lauer von der Kriminalinspektion I, Dezernat Tötungsdelikte und Tötungsermittlungen und gleichzeitig Leiter der Sonderkommission „Braniff". Die erste Frage gilt dem Stand der Dinge. Der Kommissar räusperte sich.

„Der Tatverdächtige ließ sich widerstandslos festnehmen. Bei seiner Verhaftung stand er zweifelsfrei unter Alkoholeinfluss. Die Fingerabdrücke am Tatort stimmen mit denen des Verhafteten überein."

Ein Detail fällt mir ein, ein Detail aus dem Treffen mit meinem Freund. Kurz bevor ich gegangen bin. Er hält mich im Schraubstockgriff, prostet mir zu. Zum wievielten Mal? Vielleicht überschätzten alle den Mörder, vielleicht sei alles viel profaner gewesen, einfach eine Sicherung durchgeknallt, nichts von wegen cooler Planung und so.

Auf die Reporterfrage, wie der Festgenommene auf die Apothekerfamilie gekommen sei, antwortet der Kriminalhauptkommissar, die Polizei habe dafür bislang keine Erklärung. Mit an Sicherheit grenzender Wahrscheinlichkeit könne der Fall jedoch als geklärt gelten. Dann verscheucht der Werbeblock den Leiter der Sonderkommission „Braniff", der auf der Mattscheibe einen eher verlorenen Eindruck gemacht hat. Mit dem Slogan „Mann. Ist das ein Bier" wirbt die örtliche Brauerei für ihr Produkt. Gebraut mit Friedhofswasser, denke ich. Ich gehe zum Kühlschrank. Gähnende Leere blickt mir entgegen. Der Wochenendeinkauf fällt mir ein.

Morgenidylle

Was für ein Sommermorgen! Die Sonne blinzelt zwischen Kamin und Antennenschüssel hervor, die Wolken, die mir gestern Abend Schweißperlen auf die Stirn getrieben haben, sind verschwunden. Es wird ein schöner Tag werden heute! Karlo räkelt sich auf dem Schuppendach, macht sich lang, wälzt sich auf den Rücken, streckt alle Viere von sich. Der Schuppen scheint von seinem Schnurren zu erzittern. Niemand wird seine Ruhe mehr stören, ihn durch den Nachbargarten hetzen, Zischlaute hinter ihm herschicken, Hände zum Himmel raufen, mit dem Spaten wild in der Luft fuchteln. Karlo liegt friedlich auf dem Schuppendach, die Alte von gegenüber in ihrem Bohnenbeet. Was für ein Tag!

„Was ich noch sagen wollte: Ihre beiden Katzen müssen weg. Vor allem die Graue! Wie die meinen Garten zurichten! Unglaublich! Überall wird die Erde aufgewühlt, Pflanzen, gerade gesetzt, werden herausgekratzt. Die Katzen müssen weg! Ins Tierheim. Festbinden. Auf den Speicher sperren. Die Katzen müssen weg."

Kurz nach sechs. Ich könnte ewig im Fenster liegen, die Idylle genießen, den dösenden Kater, die bewegungslose Alte im Bohnenbeet. Was für ein Tag!
„Wollen Sie nicht einen Salatkopf, ich habe ihn gerade frisch geerntet, einen Johannisbeerstrauch, ich brauche ihn nicht, gleich setzen und gut wässern, ist er nicht schön, mein Garten, sehen Sie doch die Bohnen, wie weit die schon sind, vor vier Jahren ist mein Mann gestorben, zwei Wochen später mein Sohn, muss in ihrem Alter gewesen sein, Fotograf, hier diese Bilder habe ich letztes Frühjahr mit seiner Kamera im Garten geknipst, sehen Sie doch, wie herrlich die Forsythie blüht, Krebs, beide,

Vater und Sohn, soll ich Ihnen noch einige Vergissmeinnicht ausgraben, den Kleinen habe ich gleich nach dem Krieg verloren, siebenundvierzig, im Dezember, ein kalter Winter, mit dem Schlitten die abschüssige Straße runter, von rechts dieser Amisoldat, nein, den hat keine Schuld getroffen, der Kleine hätte aufpassen müssen, bläuen Sie das nur Ihren Kindern ein, ich habe den Kleinen ins Haus getragen, sieben Jahre war er, der Arzt hat nichts mehr machen können, in meinen Armen ist er gestorben, wirklich keine Vergissmeinnicht, so alt wie Ihr Sohn jetzt, die kommen jedes Jahr wieder."

Karlo bequemt sich aufzustehen, macht einen Buckel und kippt in Zeitlupe zur Seite. Die Alte in ihrem Bohnenbeet wird nicht mehr aufstehen. Die mit ihrem scheinheiligen Gerede, hier noch ein Pflänzchen, da noch ein Pflänzchen, meine Blumen, was sind sie dieses Jahr schön. Was habe ich Zeit am Zaun vertrödelt, immer ein freundliches Wort auf den Lippen. Die arme alte Frau, so allein, so einsam, hat schließlich keinen, mit dem sie mal reden kann. Die Kinder zu Weihnachten und an Ostern mit einer Aufmerksamkeit zu ihr geschickt, schließlich legt man Wert auf gute Nachbarschaft. Gute Nachbarschaft! Zwei Wochen nach Ostern der Auftritt der Alten.

„Die Katzen müssen weg!"

Wird so eine Marotte sein, habe ich noch gedacht, die wird sich wieder beruhigen. Von wegen! Bei nächster Gelegenheit passt sie mich wieder am Zaun ab, belästigt meine Frau beim Bäcker, lauert den Kindern auf der Straße auf.

Unsere Tochter kommt aufgeregt ins Esszimmer gelaufen.

„Schnell, Mimi hat so einen komischen Klumpen im Maul, schnell, kommt doch!"

Ein Hackfleischbällchen. Meine Frau jagt es der Katze ab, die grünlichen Körner sind nicht zu übersehen. In Windeseile zum Tierarzt, eine Spritze für Mimi und ein Tipp vom Tierarzt.

„Lauern Sie der Alten auf."

Wenn es so einfach wäre. Sobald es dunkel wird, verkriecht sie sich in ihrem Häuschen. Aber eine Anzeige, wenigstens eine Anzeige! Die Hackfleischprobe wird ins Veterinärmedizinische Institut nach Heidelberg geschickt. Wochen später kommt der Brief von der Staatsanwaltschaft. Einstellung des Verfahrens. Kein ausreichender Tatverdacht.

Mordgedanken. Hinter dem hohen Schilfzaun lauern, wir haben ihn angebracht, damit wir die Alte nicht mehr zu Gesicht kriegen, in der Hand die Faschingspistole von Thomas, den Abzug betätigen, in dem Augenblick, in dem die Alte hinter dem Zaun herumkriecht, sich über die Katzenspuren aufregt, was von bösen Leuten vor sich hinbrabbelt, ein fürchterlicher Knall, die Alte kippt aus den Latschen, Herzversagen wird der Arzt diagnostizieren, in dem Alter nichts Außergewöhnliches, der perfekte Mord.

Als ob die Alte so einfach zu erschrecken wäre.

Eulenköpfe aus Plastik mit fluoreszierenden Augen baumeln am Rosenstrauch, an den Johannisbeeren, am Zaun, an der Tanne, überall im Garten. Zwei Holzstangen, eine lang, eine kurz, ein altes Regencape, eine Mütze, eine Faschingsmaske, mit schwarzem Filzstift die Augen nachgezogen, fertig ist der Feldschütz, der am Zaun entlangpatrouilliert, am Morgen im Erdbeerbeet, mittags auf Höhe des Schuppens, am Abend vor dem Kirschbaum. Mimi schnuppert neugierig am Wächter. Bei den unzähligen Lappen, die im Garten verstreut ausgelegt sind, verzieht sie das Gesicht, die Nackenhaare sträuben sich und mit gestelzten Beinen stolziert Mimi weiter.

„Katzen-Ex, Wirkung garantiert, bei Nichterfolg Geld zurück."

Karlo trippelt übers Dach der Pergola, schlägt einen Bogen um die Brombeerranke, schwebt auf die Mauer und entschwindet in Richtung Straße. Die Alte liegt immer noch in ihrem Bohnenbeet. Ihre Bohnen hat sie über alles geliebt. Jedes einzelne Pflänzchen wurde mit weißem Pulver eingestäubt. Breitbeinig bepinselte sie die Stiele der Bohnen mit einer bräunlichen Flüssigkeit. Was für eine Ausdauer! Zum Schluss die Folie drüber. Schade um die Bohnen. Die meisten werden sich nicht mehr erholen, geknickt unter dem Gewicht der Alten. Was würde sie toben, müsste sie ihre Bohnen in diesem erbärmlichen Zustand sehen.

„Sie behaupten, wir hätten eine Leiter aufgestellt, damit unsere Katzen einen einfacheren Zugang zu Ihrem Garten hätten. Außerdem verkünden Sie jedem in der Nachbarschaft, wir seien wüste und böse Leute. Es darf für Sie doch nicht unbekannt sein, dass es hier im Viertel viele Katzen gibt. Woher wollen Sie denn wissen, dass nur unsere Katzen in Ihrem Garten sind? Wir haben viel getan, um die Katzen von Ihrem Grundstück fernzuhalten, denken Sie nur an den hohen Schilfzaun. Trotzdem bestehen Sie auf Ihrer Forderung, trotzdem setzen Sie Verleumdungen über uns in die Welt. Wenn das nicht aufhört, sehen wir uns gezwungen, Sie wegen übler Nachrede zu belangen."

Katzenkot, ausgebuddelt, in zerknülltes Zeitungspapier gewickelt, in die Regenrinne vom Schuppen gestopft, über den Zaun auf unseren Kompost geworfen, Schluss damit, ein für allemal vorbei! Ich muss die Spuren beseitigen, die Klemme entfernen, unter unserem Zaun durchziehen. Ich darf nicht im Fenster liegen bleiben.

Auf den Knien durch den Garten kriechen, die Nase am Boden, nach Spuren suchen, hier ein Pfotenabdruck, da ein Stängel geknickt.

„Was ich für eine Arbeit habe!“

Kratzspuren unter der Tanne.

„Eine Unverschämtheit, meine Böhnchen, die Katzen sind genauso ungezogen wie die Leute.“

Vor vier Tagen verschwand Mimi. Sie bleibt öfters mal ein, zwei Nächte weg, aber gleich vier. Kurz vorher hatte unser Sohn diesen Draht entdeckt.

„Schaut mal, da ist so ein Draht wie im Feld bei den Pferden“, rief er ganz aufgeregt vom Schuppendach.

Ein verzinkter Draht, der in zwanzig Zentimeter Höhe hinter dem Schuppen entlang läuft, sich durch die Rosen schlängelt, um gelbe Plastiknoppen gewickelt, das Blumenbeet umkreist, im Anbau der Alten verschwindet. Diese Nacht klettere ich über den Zaun, folge dem Draht, ein Trenntrafo mit 42 Volt Niederspannung, angeschlossen an eine Steckdose. Der Trafo erinnert mich an längst vergangene Kindertage, Eisenbahn, selbstgebauter Tunnel, Schienen, Weichen, die heiß geliebten Zusammenstöße der Lokomotiven, die stets das Ende des Spiels bedeuteten, wenn Vater den, wie er sagte, Unsinn unterband.

Mimi verschwunden, der unter Spannung stehende Draht. Wie weit will es die Alte noch treiben?

„Sehen Sie sich doch diese Verwüstungen an! Was ich mir für Mühe gebe, wie ich mich abrackere, jedes Grashälmchen, jedes Unkraut herauszupfe, sonst könnte ich nachts nicht ruhig schlafen, aber die Katzen machen alle Arbeit zunichte. Was hab ich nicht schon alles probiert, neben dem Kompost ein Stück Erde gelockert, jeden Morgen gerecht, wunderbar weich. Meinen Sie, diese Viecher hätten da ihr Geschäft verrichtet? Wo denken Sie hin, mitten ins Blumenbeet, die frisch gesteckten Zwiebeln herausgewühlt. Unerträglich. Und glauben Sie, die würden die Viecher endlich ins Tierheim bringen? Diese Leute sind genauso ungezogen wie ihre Katzen."

Karlo kommt von seinem Ausflug zurück. Er schreitet das Schuppendach ab, schnuppert kurz in den Nachbargarten, wendet sich ab, die Alte im Bohnenbeet interessiert ihn anscheinend nicht. Unser Kater lässt sich umfallen und schnurrt los. Mimi wird nicht wiederkommen. Ich habe so ein Gefühl. Die Alte hat sie auf dem Gewissen. Da bin ich mir sicher.

Den Trenntrafo abklemmen, den verzinkten Draht direkt an die Steckdose anschließen, die Spannung müsste eigentlich reichen, weit über siebzig, die Alte, auch nicht mehr die rüstigste. Und bei 220 Volt sind Verbrennungen an den Händen unwahrscheinlich, so die Auskunft. Herzstillstand wird der Arzt diagnostizieren, in dem Alter nichts Ungewöhnliches, ein schöner Tod, inmitten ihres geliebten Gartens, keine Schläuche in irgendeiner Klinik, keine anonyme Nummer unter vielen.

Der Kreis schließt sich in dem Augenblick, in dem der Draht angefasst wird. Aber warum sollte die Alte den Draht anpacken? Und wie soll ich als elektrischer Laie den Anschluss bewältigen? Das Starthilfekabel beim Auto, von Batterie zu Batterie.

„Aber natürlich gibt es so Klemmen, wir sagen Krokodilklemmen dazu, die sind im Modellbau weit verbreitet."

Ein alter Stecker fliegt im Werkzeugkasten auf dem Speicher herum, jede Menge Kabel. Die Krokodilklemmen besorge ich mir in einem Elektrogeschäft in der Innenstadt, der Typ kennt mich nicht, wird mich nie mehr zu Gesicht bekommen. Zwei linke Hände, technisch unbegabt, Vater lag schon richtig mit seiner Einschätzung, aber für das läppische Kabel reicht es allemal. Den Stecker vom Trafo muss ich vorher natürlich ziehen. Könnte sonst unliebsame Komplikationen geben. In der Dunkelheit kein Problem.

Nur kein Regen! Wenn es regnet, steigen die Chancen der Alten, die Überlebenschancen. Dann wird sie am Morgen sicher Gummistiefel tragen. Die dunklen Wolken, als ich zum zweiten Mal über den Zaun klettere. Karlo ist auf Tour, hoffentlich passiert ihm nichts, aber die Gefahr ist gering, schließlich meidet er in letzter Zeit den Garten der Alten. Dass Mimi ausgerechnet heute Nacht aus der Versenkung auftaucht, ist unwahrscheinlich. Das letzte Problem ist auch gelöst. Den Draht habe ich vom Zaun weggerissen und mitten ins Bohnenbeet befördert. Morgen früh wird die Alte den Stecker ziehen, wie jeden Morgen, geizig ist sie durch und durch, und warum sollte der Zaun tagsüber unter Strom stehen? Kostet doch nur Geld, und schließlich ist die Alte doch von frühmorgens bis in den späten Abend in ihrem Garten. Und sie wird ihre Runde durch den Garten drehen, die morgendliche Bestandsaufnahme, die Nase am Boden, nach Spuren suchen, den Draht im Bohnenbeet entdecken.

Ich kneife die Augen zusammen, die Sonne blendet, es wird ein wunderschöner Tag werden, auch wenn Mimi verschwunden bleibt. Karlo liegt auf dem Schuppendach, die Alte im Bohnenbeet, den verzinkten Draht in den Händen. Eine Kleinigkeit noch. Der Stecker, der den Trenntrafo mit dem Stromnetz verbindet, ist herausgezogen. Von mir gezogen, leicht in die Steckdose gedrückt, so dass keine Verbindung mehr bestand. Die Alte habe ich überlistet. Die hat den Stecker heute in aller Früh ganz herausgezogen, aber die Polizei, was für Schlüsse wird die Polizei ziehen?

Ich darf keine Zeit mehr verlieren. Um Viertel nach sechs geht gewöhnlich der Rollladen bei den Nachbarn schräg gegenüber hoch. Höchste Eisenbahn! Den Stecker unter unserer Pergola ja nicht vergessen, die Krokodilklemmen im Garten der Alten abklemmen, das Kabel aufrollen und in unserem Schuppen in der hintersten Ecke verschwinden lassen, alles eine Angelegenheit von wenigen Sekunden.

Dann über den Zaun, ein letztes Mal, den Stecker des Trafos in die Steckdose drücken, aufgeregt zur bewegungslosen Alten rennen, den entsetzten Nachbarn mimen, die Anwohner zusammenschreien.

„Hilfe, so helfen Sie doch! Schnell, schnell, ein Krankenwagen! Rufen Sie doch einen Krankenwagen!"

Mord ohne Motiv

Das Läuten des Telefons störte die Ruhe der Nacht. Es knarrten Bettfedern. Eine Hand tauchte aus dem Kissenberg auf, tastete scheinbar ziellos, stieß an etwas Hartes, das auf die Dielen fiel. Dann war die Stimme eines Mannes zu hören.

„Wer? Ach Sie. Ja, doch, am Apparat. Tot? Und wo? Ja, ich komme. Zwanzig Minuten."

Lauer griff nach seiner Taschenuhr, die er auf dem Nachttisch abgelegt hatte. Jeden Abend legte er sie dorthin. Er fand sie nicht. Er war schon am Gehen, als er bemerkte, dass er seinen Dienstausweis vergessen hatte. Der Ausweis lag wie immer auf dem Schreibtisch im Schlafzimmer. Dabei entdeckte er auch seine Taschenuhr vor dem Bett. Er zog die Uhr auf, kurz nach sechs erst, und steckte sie in die Jackentasche. Er hatte nicht einschlafen können, war erst lange nach Mitternacht in einen unruhigen Schlaf gefallen, bis das Telefon ihn geweckt hatte. Draußen war es neblig.

Zu den Lauerschen Gärten war es nicht weit. In nicht einmal einer Viertelstunde war er dort. Lauer kam ab und zu hierher, setzte sich am Samstag manchmal auf eine der Bänke, beobachtete die Leute, die mit Einkaufstüten beladen vorbeihasteten, versuchte die Ermittlungen des Falles, an dem er gerade arbeitete, aus seinen Gedanken zu verdrängen, was ihm hier meist gelang. Für ihn war die Grünanlage mitten in den Mannheimer Quadraten so etwas wie eine Oase der Ruhe. Und dass sie seinen Namen trug, machte sie ihm noch vertrauter. Der Fundort war weiträumig abgesperrt. Meißner, sein Assistent, kam ihm entgegen. Auf dem Weg zur Leiche brachte er Kriminalhauptkommissar Lauer auf den letzten Stand der Dinge. Das Tulpenbeet neben dem Rasen mit der großen Kastanie war in gleißendes Licht getaucht.

„Alberto Romero-Gómez, 46 Jahre alt, geboren in der Nähe von Madrid, wohnhaft in der Berliner Straße, direkt neben Lara's."

Lauer sah seinen Assistenten an.

„War einfach, das herauszubekommen. Er hatte, wie sich das gehört, seinen Ausweis dabei. Gefunden hat die Leiche ein Penner..."

Kommissar Lauer schaute seinen Assistenten wieder an.

„Ein Wohnsitzloser, das muss gegen Viertel nach fünf gewesen sein. Der Wohnsitzlose sah ihn unter der Kastanie liegen, dachte, der schläft, wollte von ihm eine Zigarette schnorren. Erst als er ihn anstieß, merkte er, dass etwas nicht stimmte. Verließ die Grünanlage, um, wie er sagte, die Polizei zu rufen und lief ganz in der Nähe einer Streife in die Arme, sonst hätte er sich bestimmt aus dem Staub gemacht."

Lauer zog seine Taschenuhr aus der Tasche, immer noch fünf nach sechs. Verdammt, beim Sturz auf den Fußboden war die Uhr kaputt gegangen. Altes Familienerbstück von seinem Vater. Der hatte sie wiederum von seinem Vater bekommen. Lauer wurde in zwei Monaten siebenundvierzig, hatte mehrere gescheiterte Beziehungen hinter sich und einen unehelichen Sohn, dem er die wertvolle Taschenuhr vererben konnte. Als Lauer 19 war, gerade sein erstes Jahr auf der Polizeischule hinter sich hatte, war seine damalige Freundin schwanger geworden. Die Beziehung war schon vor Fabians Geburt in die Brüche gegangen. Lauer hatte sich um seinen Sohn gekümmert, hatte ihn regelmäßig besucht, die Unterhaltszahlungen pünktlich überwiesen. Auch als seine ehemalige Freundin geheiratet hatte, einen Elektriker mit eigenem Geschäft, war der Kontakt zu Fabian nie abgerissen.

Sie waren an der Kastanie angekommen. Der Tote lag

mit dem Oberkörper seltsam verdreht im Blumenbeet. Die Beine ragten in den Gehweg. Es sah nicht nach einer natürlichen Todesursache aus. Es wäre auch zu schön gewesen. Herzstillstand zum Beispiel. Der Fall hätte sich in Luft aufgelöst, bevor er überhaupt zum Fall geworden war. Der Arzt hatte seine Arbeit am Tatort beendet und war dabei, die Sachen zusammenzupacken.

„Eintritt des Todes gegen 20 Uhr, plus minus eine Stunde, Herzversagen. Näheres nach der Obduktion. Auffallend: Einstich am Hals. Morgen Mittag kann ich Ihnen mehr sagen. So viel steht auf jeden Fall fest: Der Mann ist keines natürlichen Todes gestorben."

Die winzige Hoffnung des Kommissars löste sich auf wie der Nebel.

Nach Dienstschluss hatte er die Taschenuhr noch zum Uhrmacher gebracht. Jetzt saß er in seinem Büro und las noch einmal das Protokoll von Frau Kober durch. Frau Kober hatte schon auf ihn gewartet, als er kurz nach acht im Büro erschienen war. Sie hatte im Mannheimer Morgen den Bericht über den Toten in den Lauerschen Gärten gelesen, das Foto des Toten gesehen und Herrn Romero-Gómez als ihren Nachbarn erkannt. Sie betonte Gómez auf der letzten Silbe. Frau Kober hatte geredet und geredet und es war für den Kommissar schwer, die relevanten Informationen herauszufiltern. Im Protokoll tauchten nur diese Fakten auf und er hatte Frau Kober regelrecht überreden müssen, das Protokoll zu unterschreiben. Alberto Romero-Gómez, Ingenieur, Anfang der Siebziger mit der Mutter nach Mannheim gekommen, der Vater arbeitete schon einige Jahre beim Benz. Alberto war ein guter Schüler, machte Abitur, studierte, wurde Ingenieur, Anstellung, wie sein Vater, bei Daimler. Vor einigen Jahren dann Kauf einer kleinen Wohnung in der Berliner Straße in der Nähe vom Nationaltheater.

Jeden Sonntag Besuch bei der Mutter, die in der Neckarstadt in Mannheim wohnte, Mittagessen, danach ein Spaziergang im Herzogenriedpark. Der Vater war vor einigen Jahren gestorben. Fast jeden Nachmittag, so kurz vor fünf, machte Alberto Romero-Gómez sich bei gutem Wetter zu Fuß auf den Weg, kaufte am Kiosk am Wasserturm eine Zeitung, ging dann in die Lauerschen Gärten, setzte sich immer auf die gleiche Bank, las seine Zeitung und kam dann gegen halb sieben zurück. Gestern Abend, das betonte Frau Kober, hatte sie nicht bemerkt, dass er zurückgekommen war. Lauer zweifelte nicht daran, dass Frau Kober die Rückkehr des Nachbarn nicht entgangen wäre.

„So ein netter, freundlicher Mensch", hatte Frau Kober immer wieder und auch noch beim Gehen gesagt.

„Wer konnte ihm nur so etwas antun."

Lauer legte das Protokoll zur Seite. Romero-Gómez war ihm sympathisch. Feste Gewohnheiten, feste Rituale. Das wusste der Kriminalhauptkommissar zu schätzen. Die Taschenuhr würde er erst Ende nächster Woche abholen können. Eine Feder war gebrochen. Keine billige Reparatur, hatte der Uhrmacher ihm auf den Anrufbeantworter gesprochen.

Das Telefon klingelte.

„Todeszeitpunkt gegen zwanzig Uhr. Todesursache: Herzstillstand durch Kammerflimmern, verursacht durch ein seltenes Gift. Das Gift wurde fachmännisch in den Hals gespritzt. Um den Kugelfisch handelt es sich nicht. Das hätte ich schon definitiv herausgefunden. Ich bin mir sicher, es muss sich um ein seltenes Gift handeln, äußerst selten. Alle Tests verliefen bisher negativ. Aber ich bleibe am Ball. Ich melde mich wieder."

Als der Arzt aufgelegt hatte, fragte sich Lauer, wer wohl einen durch und durch unauffälligen Gastarbeitersohn, seit drei Jahren eingebürgert, mit einem äußerst seltenen Gift umbringen sollte. Und warum liegt der Tote fast eine ganze Nacht in einer öffentlichen Grünanlage mitten in Mannheim und niemand nimmt von ihm Notiz? Und ausgerechnet ein Penner findet den Toten Stunden später. Die Ermordung des Alberto Romero-Gómez kam Kommissar Lauer vollkommen sinnlos vor. Er hatte keine Lust auf die ewige Routine zu Beginn eines neuen Falles, Bekannte des Opfers verhören, wahrscheinlich ohne irgendeine Spur zu finden. Ihm graute vor den nächsten Tagen.

Meißner ließ sich kurz im Büro blicken.

„Nein. Keine Zeugen. Fehlanzeige."

Wenigstens erfuhr der Kommissar etwas über die nächtlichen Verhältnisse in den Lauerschen Gärten.

„Ganz einfach tote Hose."

Und keiner der Anwohner habe in der fraglichen Nacht irgendetwas bemerkt.

„Und der Penner?"

Meißner schaute den Kommissar überrascht an.

„Sie meinen den Wohnsitzlosen? Der war für zehn ins Präsidium bestellt, ist aber nicht aufgetaucht."

Lauer winkte in Richtung Ausgang.

„Bitte nicht, Herr Kommissar. Wie soll ich den denn finden?"

Lauer zuckte mit den Schultern. Der Arzt rief nochmals an, teilte mit, dass er eine Vermutung habe. Steinfisch. Gift aus den Drüsen des Steinfischs. Bis eben hatte Kommissar Lauer nicht einmal gewusst, dass es so einen Fisch gab.

„Frau Dr. Wegener lässt bitten. Bitte denken Sie daran, dass Frau Doktor nur wenig Zeit hat."

Frau Doktor war attraktiv, um die Vierzig und empfing

den Kommissar mit den Worten: „Machen Sie es kurz. Ich habe nur wenig Zeit."

Ihre Antwort auf seine erste Frage brachte ihn ein wenig aus dem Konzept.

„Warum kommen Sie mit dieser Frage zu mir?"

Ihr Einwand lag jenseits seines Vorstellungsvermögens. Er fing sich schnell wieder. Wo sollte er sich, bitte schön, über ein seltenes Gift informieren, wenn nicht beim Tropeninstitut?

„Ach so", entgegnete sie.

Selbstverständlich habe das Institut das Gift des Steinfisches vorrätig. Ein sehr, sehr seltenes Gift. Langsam, aber sehr sicher wirkend. Auf seine Frage, ob es möglich sei, festzustellen, ob Bestände des Institutes fehlten, schüttelte Frau Doktor Wegener den Kopf.

„Das ist im Moment schwer feststellbar. Der verantwortliche Kollege, Dr. Weiner, ist gerade im Urlaub."

Aber sie könne sich nicht vorstellen, dass das Gift aus dem Institut stamme. Wer denn sonst über dieses Gift verfügen könne, hakte Lauer nach.

„Meines Wissens niemand, zumindest nicht auf legalem Weg", kam die Antwort.

Und dann schien Frau Doktor zu vergessen, dass sie eigentlich keine Zeit hatte und fragte Lauer nach dem Mordopfer aus. Wollte Details wissen, Name, Alter, Aussehen. Als Lauer ihr Zimmer verließ, sah er an der Wanduhr im Vorzimmer, dass er fünfundzwanzig Minuten mit Frau Doktor Wegener verbracht hatte, die zu Beginn des Gesprächs doch betont hatte, sie sei in Eile.

Die Ermittlungen kamen nicht voran. Zwar war es jetzt sicher, dass Alberto Romero-Gómez am Gift des Steinfischs gestorben war. Sicher war auch, dass Fundort und Tatort nicht identisch waren. Da das Gift des Steinfischs langsam wirkt, im Schnitt drei Stunden bis zum Eintritt des Todes, ging der Arzt davon aus, dass das Mordopfer sich eine Stück weit durch die Lauerschen Gärten geschleppt hatte und dann im Tulpenbeet zusammengebrochen war. Aber sonst gab es keinerlei Gewissheit. Lauer schickte die Spurensicherung nochmals los, die das Gelände um das Tulpenbeet genauer unter die Lupe nehmen sollte. Erfolglos. Zu viel Zeit war vergangen, zumal es letzte Nacht auch noch geregnet hatte. Romero-Gómez hatte, das ergaben die Nachforschungen, keine Feinde, kaum Freunde, bei Kollegen und Nachbarn war er geachtet. Er trank ab und zu ein gutes Glas Wein, aber in Maßen. Er rauchte nicht, nahm keinerlei Drogen, hatte keine Schulden, keinen Kontakt zu irgendeinem zwielichtigen Milieu. Unregelmäßig besuchte ihn seine Freundin, die in Berlin arbeitete. Die Überprüfung dieser Freundin ergab keinerlei verwertbare Hinweise. Keine Auffälligkeiten, keine Laster, ein unauffälliger Mitbürger, der sich mit niemandem anlegte, der nicht auffiel. Weit und breit kein Motiv in Sicht. Lauer holte nach einer Woche seine Taschenuhr ab. Bei der Rechnung schluckte er.

„Jetzt haben Sie aber eine gut funktionierende, generalüberholte Uhr, ein Schmuckstück!“, versicherte der Uhrmacher, als er kassierte.

Meißner hatte, nach vielen Versuchen, endlich den Wohnsitzlosen gefunden. Der gab zu Protokoll, dass ihm die verdrehte Stellung des Opfers von Anfang an spanisch vorgekommen sei, aber das brachte die Ermittlungen auch nicht weiter.

Stillstand. Alle Bekannten, die wenigen Freunde, die Arbeitskollegen des Opfers waren ausführlich verhört worden. Mit den Anwohnern der Lauerschen Gärten hatte Meißner bereits zweimal gesprochen. Es gab keine einzige brauchbare Spur. Mehr aus Hilflosigkeit entschloss sich Lauer, noch einmal mit Frau Doktor Wegener zu sprechen. Doktor Weiner, der Giftverantwortliche, wie Lauer ihn nannte, hatte nicht weitergeholfen. Lauer hatte den Eindruck gewonnen, dass der Sicherheitsstandard im Institut nicht besonders hoch war. Das ließ zwar grundsätzlich die Möglichkeit offen, dass das Gift tatsächlich aus den Beständen des Instituts stammen konnte, aber ohne Motiv gab es keine Verdächtigen und alle Nachforschungen waren ein bloßes Stochern im Nebel. Und der war inzwischen viel dichter, als in der Nacht, als Alberto Romero-Gómez in den Lauerschen Gärten gefunden worden war.

Frau Doktor Wegener. Lauer hatte keinen Grund für ein neuerliches Gespräch. Es war mehr ein Gefühl. Ihre Unsicherheit beim ersten Gespräch. Ihre Ablehnung, die sich in der Aussage „keine Zeit“, zeigte, ihre Reaktion auf seine Frage nach dem Gift, ihre plötzliche unerklärliche Neugierde, ihr Nachfragen, als es um den Toten ging. Lauer hatte im Institut angerufen. Er hatte die Auskunft bekommen, dass Frau Doktor sich morgens krank gemeldet habe. Er hatte sich die Adresse und die private Telefonnummer geben lassen, dann jedoch entschieden, nicht anzurufen, sondern einfach vorbeizufahren. Er parkte gegenüber und blieb im Wagen sitzen. Als Meißner ihn später fragte, warum er nicht gleich geklingelt habe, würde Lauer keine Antwort wissen.

Als erstes sah er ein Mädchen mit dunkelbraunen Haaren, Inga, 12 Jahre alt, Tochter von Sieglinde und Gunther Wegener, das sich einem hellblonden Mann mit Bauchansatz und schütterem Haar um den Hals warf und dann hüpfend die Straße hinunterlief, auf dem Rücken einen Schulranzen. Der hellblonde Mann musste Gunther Wegener, 42, sein, Oberarzt im Theresienkrankenhaus, stellvertretender Abteilungsleiter der Radiologie. Lauer war informiert. Das Handy klingelte.

„Ach, Fabian, du bist das. Was gibt's?"

Sein Junge, wie er ihn in Gedanken immer nannte, obwohl er in einigen Monaten bereits 28 wurde. Fabian studierte für das Lehramt an Gymnasien. Die Fächer wechselten und Lauer traute sich gar nicht zu fragen, was denn im Moment aktuell war.

„Hallo, Leo. Ich sitze in der Patsche."

Fabian hatte ihn nie mit Vater oder Papa angeredet.

„Mein Auto ist kaputt. Irgendwas mit der Elektronik. Ich bräuchte dringend 250 Euro von dir."

Lauer dachte an die Rechnung seiner Taschenuhr und sagte: „Geht in Ordnung Fabian, ich überweise das Geld."

„Aber dringend, Leo!"

Lauer hatte das Gefühl, dass Fabian erleichtert war, als er das Gespräch mit einem Hinweis auf seine Beschattung zum Ende brachte. Zwanzig Minuten passierte nichts und Lauer sah sich schon über die Straße gehen und auf die Klingel drücken. Der Mann, der gerade um die Ecke bog, ließ ihn innehalten. Irgendwie kam der ihm bekannt vor. Er war sich nicht sicher, ob er dem Mann schon einmal begegnet war. An wen erinnerte ihn der große, dunkelhaarige Mann? Er trug Jeans und ein dunkelblaues Sweatshirt. Darüber eine ausgewaschene Jeansjacke. Als er näher kam, sah Lauer, dass graue Strähnen sein Haar durchzogen. So Mitte vierzig, dachte Lauer. Er lächelte, als er auf die Klingel drückte und dem Kommissar den breiten Rücken zudrehte. Bei Lauer fiel der Groschen. Alberto Romero-Gómez hatte eine ähnliche Statur, einen ähnlich breiten Rücken, war fast genauso groß und hatte auch dunkles Haar mit grauen Strähnen gehabt. Der Mann, der gerade bei Familie Wegener auf die Klingel drückte, erinnerte ihn an das Mordopfer. Der Mann schaute sich um, dann auf die Uhr und drückte nochmals auf den Klingelknopf der Wegeners. Gunther Wegener öffnete. Er ließ die Tür offen und verschwand. Dann erschien die Frau Doktor an der Tür. Selbst aus der Entfernung sah Lauer, dass sie nur schwer die Fassung bewahren konnte. Sie stand da und starrte den Mann vor dem Gartentor an. Sprachlos, fiel Lauer dazu ein. Der Mann rief „Sieglinde", Frau Wegener reagierte nicht. Inzwischen war hinter ihr ihr Mann aufgetaucht. Er sagte etwas zu ihr, was Lauer nicht verstand. Der Mann stand unbeweglich am Gartentor. Endlich ertönte der Türsummer, zumindest glaubte Lauer ihn zu hören, was auf die Entfernung eigentlich gar nicht möglich war. Das Gartentor schwang auf, der Mann ging den Gartenweg entlang, viel zu langsam, kam es Lauer vor, so als koste er jeden Schritt aus. Der Mord ohne Motiv. Das Motiv, dachte Lauer. Ein Missverständnis. Vielleicht spielt ja der Zufall eine nicht unbedeutende Rolle. Drüben wurde die Haustür geschlossen. Und Kommissar Lauer hatte das Gefühl, dass endlich Bewegung in den Fall gekommen war, in den Fall um den rätselhaften Tod des Alberto Romero-Gómez, der bei allen beliebt und der doch einem brutalen Giftanschlag zum Opfer gefallen war.

Ein wahrer Freund

Was ich Ihnen erzählen kann! Einen Krimi können Sie daraus machen. Einen richtigen Thriller mit allem Drum und Dran. Seine Brille, ich kann Sie Ihnen zeigen, ein zierliches Goldgestell, runde Gläser, der linke Bügel verbogen. Ein Glas, ich glaube, das rechte, hat einen Sprung.

Nur seine Brille habe ich von ihm gefunden. Er ist verschwunden. Seit fast zwei Jahren schon. Hat sich einfach in Luft aufgelöst.

Ich kannte ihn schon ewig. Schon von der Schule her. Parallelklasse. Dicke Freunde waren wir nicht. Aber wir verloren uns nie aus den Augen. Die Jahre vergingen, und immer wieder liefen wir uns über den Weg. Immer zufällig, immer unerwartet.

Als unser Sohn sein erstes Spiel hatte, Bambini-Mannschaft, F-Jugend, stand er an der Außenlinie und feuerte den Tormann der gegnerischen Mannschaft an. Wir begrüßten uns.

„Dein Sohn?“

„Ich bitte dich. Ich bin nicht mal verheiratet. Kommt für mich nicht in Frage.“

Damals dachte ich mir nichts dabei.

„Mein Patenkind, hat echt Talent.“

Dann liefen wir uns beim Theaterfasching über den Weg. Er war als Scheich verkleidet. Fast hätte ich ihn nicht erkannt. Wir wechselten einige Sätze. Belanglosigkeiten.

Alles änderte sich mit dem Tag, an dem ich ihn in der Bank traf. Ich ging mit gemischten Gefühlen zu dem Termin mit meinem Kreditberater. Knifflige Verhandlungen. Ich mache in Immobilien. Kapitalanlagen, Abschreibungsmöglichkeiten, Altersruhesitze, Feriendomizile. Manchmal schlage ich selbst zu. Wie bei der Ferienwohnung in der Schweiz. Ferien-Chalet in Matt, Südhanglage, 10 Kilometer südöstlich von Glarus, ideal zum Wandern, Bergsteigen und Skifahren. Dieses Objekt wollte ich unbedingt! Kennen Sie die Gegend? Dorthin möchte ich mich im Alter zurückziehen. Und das attraktive Ferienhaus ließe sich sicherlich gut und gewinnbringend vermieten.

Sicherheiten, Sicherheiten. Gebetsmühlenartig brachte mein Berater sein Hauptargument vor. Ein Anruf unterbrach unseren Schlagabtausch.

„Einen Moment, ich stelle Sie zu unserem Filialleiter durch", teilte er dem Anrufer mit.

Und nachdem er mehrere Knöpfe gedrückt hatte: „Herr Lehmann, ein Gespräch für Sie."

Lehmann. Peter Lehmann, so hieß mein Bekannter. Dass er im Bankbereich tätig war, wusste ich. Lehmann ist nicht gerade ein ausgefallener Name. Aber Zufällen gegenüber bin ich skeptisch. Es bestand durchaus die Möglichkeit, dass der Filialleiter der Sparkassenzweigstelle mein Bekannter Peter Lehmann war.

„Neuer Filialleiter?", fragte ich beiläufig.

„Seit Anfang des Monats."

Am Gesichtsausdruck erkannte ich, dass der neue Filialleiter bei meinem Gegenüber nicht sonderlich beliebt war. Wahrscheinlich hatte er selbst auf den Posten spekuliert. Als die Verhandlungen immer mehr ins Stocken gerieten, verlangte ich den Leiter zu sprechen. Mein Berater war alles andere als begeistert.

Der Leiter der Zweigstelle war Peter Lehmann. Wir einigten uns schnell. Ich bekam den Kredit und die Konditionen waren hervorragend. Von solchen Bedingungen hätte ich vorher nicht einmal zu träumen gewagt.

Von diesem Zeitpunkt an trafen Peter und ich uns regelmäßig, in der Bank, um Geschäfte abzuschließen, abends auch mal im Neckartal auf ein Bier, um Projekte vorab zu besprechen. Ich vermittelte Kunden an die Bank, Kunden, die über mich eine Immobilie erwerben wollten. Dafür kassierte ich eine zusätzliche Vermittlungsprovision. Es war ein lukratives Geschäft, für die Bank und für mich. Das können Sie mir glauben.

Über den Krankenhausaufenthalt bin ich mir nicht so richtig im Klaren, Peters Schlussfolgerungen kann ich jedoch nicht nachvollziehen.

„Unser Chef ist verhindert. Krankenhaus. Wir konnten Sie leider nicht mehr benachrichtigen", erklärte mir mein ehemaliger Kreditberater.

Peter lag im Theresienkrankenhaus, Einzelzimmer, Chefarztbehandlung. Ich zuckte zurück, als ich ihn sah. Eine Orgie in Gips, Bandagen und Verbänden. Schienbeinbruch, zwei Rippen gebrochen, zwei weitere geprellt, Gehirnerschütterung, Schnittwunden im Gesicht.

Er hatte sich mit dem Auto überschlagen, von Frankenthal kommend, kurz vor der Autobahnausfahrt Sandhofen. Er hatte Glück gehabt, weil er vor der Ausfahrt schon leicht abgebremst hatte.

„Es sieht schlimmer aus, als es ist", sagte Peter, nachdem wir uns begrüßt hatten.

Sein Auto sei aus unerfindlichen Gründen ins Schleudern gekommen, nach links ausgebrochen, an die Leitplanke geknallt, habe sich daraufhin mehrfach überschlagen und sei schließlich auf dem Dach liegend ins Feld gerutscht.

Zwei Wochen später wurde er aus dem Krankenhaus entlassen. Er ließ das Autowrack auf eigene Kosten vom Schrottplatz zur Werkstatt schleppen. Einen Totalschaden durchchecken, Unfallursachen erforschen. Warum? Schließlich zahlte die Versicherung anstandslos. Vollkasko. Am linken Vorderrad fehlte eine Schraube am Federbein. Das sei die Radaufhängung. Das Rad werde, erklärte der Meister, von zwei Schrauben gehalten. Die untere sei weg. Kein Wunder, dass der Wagen ausgebrochen sei. Wenn die eine Schraube fehle, knicke das Rad buchstäblich ein. Die Schraube sei spezialgehärtet, die Mutter selbstsichernd. Man könne dieses Teil eigentlich nicht verlieren. Aber nichts sei unmöglich.

Peter glaubte nicht an einen Unfall. Für ihn war es Sabotage, betonte er immer wieder, ohne jedoch jemals konkreter zu werden.

Wochen später, über den Unfall, der angeblich Sabotage gewesen sein sollte, war Gras gewachsen. Peter tauchte unerwartet in meinem Büro auf. „Ich bin verliebt“, sagte er.

Ich steckte bis über beide Ohren in Arbeit und fragte mehr aus Anstand, ob ich sie kenne.

„Die Sie ist ein Er.“

Wir hatten nie groß über persönliche Dinge gesprochen. Peters Aussage damals beim Fußballspiel fiel mir ein. Obwohl ich überrascht war, ließ ich mir nichts anmerken. Ich enthielt mich eines Kommentars, obwohl Peter irgendeine Bemerkung von mir erwartete. Ich schaute ihn einfach an. Dann kam er zur Sache. Ich hätte doch das Ferienhaus in der Schweiz. Ich nickte. Ob es in der nächsten Woche schon belegt sei. Ich schüttelte den Kopf.

„Kein Problem“, beschied ich ihm, „das Haus kannst du haben.“

Er bedankte sich, das werde er mir nicht vergessen, er werde sich bestimmt revanchieren. Seinen Freund müsse ich nach dem Urlaub unbedingt kennen lernen. Ich gab ihm die Schlüssel, notierte ihm die genaue Adresse und die Telefonnummer von Frau Bürkli, einer Nachbarin in Matt, die für mich arbeitet. Sie hält das Haus in Ordnung und fungiert als Ansprechpartnerin für die Feriengäste.

„Ich rufe Frau Bürkli an und sage Bescheid."

Peter war von meiner Hilfsbereitschaft überwältigt. Vielleicht kommt Ihnen seine Reaktion auch übertrieben vor. Er umarmte mich spontan. Seit ich Peter kannte, war es das erste Mal, dass es zu einem solchen Gefühlsausbruch kam. Und danach sollte es keine Gelegenheit mehr geben.

„Du bist ein Freund, ein wahrer Freund."

Zu diesem Zeitpunkt wusste ich nicht, dass dies die letzten Worte sein sollten, die Peter Lehmann zu mir sagte. In der Tür stehend, eine Hand zum Gruß erhoben, so ist er mir in Erinnerung geblieben.

Ich hatte meine Fühler nach einem lukrativen Geschäft ausgestreckt. Appartements im Montafon. Hohe Rendite. Viele Interessenten. Nach Peters Urlaub brauchte ich dringend einen Termin in der Bank. Das Telefon klingelte. Frau Bürkli, meine Schweizer Nachbarin. Es kommt äußerst selten vor, dass sie anruft. Meist regelt sie auftretende Probleme alleine und immer zu meiner vollsten Zufriedenheit. Heute hörte sie sich aufgeregt an. Ich konnte ihr kaum folgen. Nur den letzten Satz verstand ich.

„Sie müssen sofort kommen."

Ich ließ mir alles noch einmal in Ruhe erzählen und tätigte danach einige Telefonanrufe, allesamt erfolglos. Dann setzte ich mich ins Auto, obwohl ich es mir eigentlich nicht leisten konnte. Das Montafon-Projekt war in einer reichlich verzwickten Phase. Ihnen kommt mein Entschluss unlogisch und überhastet vor? Sie kennen Frau Bürkli nicht. Und vielleicht, das gebe ich zu, wollte ich die Probleme im Montafon-Projekt einfach für einige Zeit verdrängen. Während der Fahrt musste ich an Peters Unfall denken. Ich konnte jedoch keinen Zusammenhang zu den aktuellen Ereignissen sehen.

Am späten Mittwochabend kam ich in Matt an. Frau Bürkli passte mich am Gartentor ab. Jetzt, da ich ihr gegenüberstand, klang ihr Bericht noch bedrohlicher als am Telefon. Peter Lehmann war am Samstagnachmittag mit einem männlichen Begleiter angekommen. Beide waren in bester Laune gewesen. Der Mann in meinem Alter, blonde Haare, von grauen Strähnen durchzogen, Brille, mittelgroß, leichter Bauchansatz, trotzdem sportlich, der Beschreibung nach handelte es sich eindeutig um Peter, habe ihr ein Trinkgeld in die Hand drücken wollen. Frau Bürkli hatte es zurückgewiesen. Schließlich sei sie keine Haushaltshilfe. Der andere Mann, mindestens einen Kopf größer, athletische Figur, wesentlich jünger, so Anfang zwanzig, habe dabeigestanden und sich amüsiert. Am Sonntagmorgen sei sie von einem heftigen Wortwechsel und Türenknallen geweckt worden. Der junge Mann habe das Haus verlassen und sei mit dem Auto weggefahren. Erst gegen Abend sei er wieder zurückgekommen. Der ältere Mann habe den ganzen Tag über das Haus nicht verlassen. Gleich nach der Rückkehr des jungen Mannes sei es wieder laut geworden. Am Montagmorgen hätten beide Gäste sehr früh das Haus verlassen, beide mit Rucksack und Wanderschuhen ausgerüstet. Der ältere Mann sei erregt gewesen, habe auf den jüngeren eingeredet, der nur gelacht und abgewinkt habe. Der ältere habe sich hinter das Steuer gesetzt. Gegen Mittag, an die genaue Uhrzeit konnte sich Frau Bürkli nicht erinnern, sei der jüngere Mann allein zurückgekommen. Er sei ins Haus gestürmt, nach wenigen Minuten sei er mit zwei Koffern, die er in den Kofferraum gewuchtet habe, wieder herausgekommen. Er habe sich nicht einmal von ihr verabschiedet. Den Schlüssel habe sie außen im Schloss der Haustür gefunden. Sie habe bis zum Mittwoch gewartet, bis sie sich entschloss, bei mir anzurufen. Sie hatte gehofft, dass mein Bekannter im Verlauf des Montagabends oder spätestens am Dienstag zurückkommen würde.

„Da stimmt was nicht“, endete Frau Bürkli.

Ich versuchte, Peter zu Hause und auf seinem Handy anzurufen, wie ich es gleich nach Frau Bürklis Anruf schon getan hatte. Außer seinem Anrufbeantworter erreichte ich nichts. Sein Handy war ausgeschaltet. Das Ferienhaus war leer. Nur das zerwühlte Bett und ein halb ausgepackter Koffer erinnerten an den Besuch von Peter. Sie werden nachvollziehen können, dass ich beunruhigt war.

Am Donnerstagmorgen gingen wir zur Polizei. Der Dorfpolizist von Matt war freundlich und durchaus hilfsbereit, meinte aber, für eine Vermisstenanzeige sei es noch zu früh. Schließlich könne es doch durchaus sein, dass es eine ganz harmlose Erklärung für die Vorkommnisse geben könnte. Herr Lehmann und sein Begleiter könnten es sich anders überlegt haben und einige Urlaubstage an einem anderen Ziel verbringen, obwohl der zurückgelassene Koffer gegen diese Ansicht sprach. Ich gab zu, dass dies eine Möglichkeit sei. Insgeheim musste ich jedoch Frau Bürkli, die besorgt war, Recht geben. In Matt konnte ich im Augenblick nichts mehr ausrichten. Und um in der Montafon-Sache nicht vollends den Anschluss zu verlieren, musste ich zurück nach Mannheim. Schließlich habe ich Frau und Kinder zu ernähren.

Die ganze Woche über versuchte ich, Peter telefonisch zu erreichen. Sein Ab-nächsten-Montag-bin-ich-wieder-zu-erreichen klingt mir noch nach so langer Zeit in den Ohren. Auch in der Bank erfuhr ich nichts Neues. Peter hatte eine Woche Urlaub. Am Montag wollte er wieder zur Arbeit erscheinen. Ich beschloss, den Montagmorgen abzuwarten.

Da ich über fehlende Arbeit nicht klagen konnte, kam es vor, dass ich mehrere Stunden hintereinander nicht an

Peter dachte. Aber das war eher die Ausnahme. Ich war unkonzentriert, gereizt, schweifte leicht mit meinen Gedanken ab, konnte mir keinen Reim auf die Ereignisse machen. Die Woche ging vorüber. Beim Montafon-Projekt hatte ich deutlich schlechtere Karten in der Hand. Am Sonntagabend wollte Peter die Schlüssel zurückbringen. So war es ausgemacht. Wir wollten zusammen ein Bier trinken gehen. Sie werden es sich bereits denken. Peter kam nicht.

Montagmorgen. Punkt neun. Ich betrat die Schalterhalle der Bank. Peter hatte seinen Dienst nicht angetreten. Die Angestellten waren jedoch keineswegs beunruhigt.

„Vor halb zehn kommt der Chef meist nicht."

Als er auch nach der Mittagspause nicht aufkreuzte, war ich mir sicher, dass etwas passiert war. Ich rief in Matt an. Der freundliche Dorfpolizist versprach, die Vermisstenanzeige umgehend zu bearbeiten. Auch bei der Polizei in Mannheim erstattete ich Anzeige. Der Beamte war zuvorkommend und wollte mit der Schweizer Dienststelle Kontakt aufnehmen.

Kurz vor den Tagesthemen hielt ich es nicht mehr aus und rief Peters Vorgesetzten, den ich flüchtig kannte, an. Ich erzählte ihm, dass Peter schon seit Tagen verschwunden sei und fragte, ob ich mich am nächsten Vormittag mit ihm treffen könne.

„Wenn es irgendwie möglich ist", antwortete er, „wäre ich Ihnen sehr dankbar, wenn Sie jetzt gleich bei mir vorbeikommen könnten. Peter ist die Zuverlässigkeit in Person. "

Ich machte mich sofort auf den Weg.

„Peter war wie ein Sohn für mich. Meiner Frau und mir waren Kinder nicht vergönnt. Peter konnte hart arbeiten, das hat mir imponiert. Diese Tugend ist selten geworden bei jüngeren Leuten. Ich habe ihn nach Kräften unterstützt, soweit mir das möglich war. Ich muss das Ganze sehen, darf mich nicht von meinen Empfindungen leiten lassen, darf keinen Mitarbeiter bevorzugen. Allein die Leistung zählt. Peter war korrekt, loyal und bewies bei schwierigen Verhandlungen großes Geschick, immer zum Wohl der Sparkasse. Er brachte seine Leistung. Und allein das zählt. Sein Verschwinden ist mir unerklärlich. In all den Jahren, in denen ich ihn kenne, hat er keinen Tag unentschuldigt gefehlt. Vor seinem Urlaub war er in richtig guter Verfassung, fast eine Spur euphorisch. Aus meiner Sicht gibt es für das Verschwinden keine Begründung. In der Bank ist es zu keinen Unregelmäßigkeiten gekommen, er hat kein Geld veruntreut, er trinkt nicht, er lebt solide. Ich stelle Ihnen Geld zur Verfügung. Sie haben freie Hand. Nur eines verlange ich: Diskretion."

„Wie kommen Sie auf mich?", fragte ich den Bankdirektor.

„Peter hat mehrmals von Ihnen erzählt. Er nannte Sie einen wahren Freund", antwortete er.

Ich versprach, ihn auf dem Laufenden zu halten und verabschiedete mich.

Ich beauftragte einen Privatdetektiv, Ermittlungen über Peters wirtschaftliche Verhältnisse anzustellen und den Liebhaber, mit dem Peter den Urlaub in Matt verbracht hatte, ausfindig zu machen. Nicht, dass ich dem Sparkassendirektor misstraute, aber ich wollte sicher gehen. Die Ergebnisse kamen prompt. Keine Unregelmäßigkeiten in finanzieller Hinsicht, einige kleinere Kredite, eine Hypothek für seine Eigentumswohnung, alles locker mit seinem Gehalt als Filialleiter zu bewältigen. Keine Wettschulden, keine Spielschulden, keine Drogen. Keine Gründe für eine Erpressung. Einfach nichts. Das zweite Problem, den Liebhaber ausfindig zu machen, konnte vor meiner zweiten Fahrt nach Matt nicht mehr gelöst werden.

Die ersten zwei Tage in Matt verliefen erfolglos. Ich sprach mit Nachbarn, unterhielt mich mit dem Wirt des nahen Restaurants, ließ mir vom Dorfpolizisten zweimal bestätigen, dass die Fahndung laufe, bisher aber noch keinerlei Ergebnisse erbracht habe.

Am Nachmittag des zweiten Tages charterte ich kurzentschlossen einen Hubschrauber für den nächsten Morgen. Kurz vor acht war Abflug. Der Pilot hielt mich wahrscheinlich für verrückt, sprach es aber nicht laut aus. Insgeheim werden Sie ihm sicher zustimmen. Eine Nadel im Heuhaufen zu suchen, sei nichts gegen unsere Unternehmung, meinte er nur lapidar. Und natürlich hatte er Recht. Wir zogen die Kreise zuerst über Matt und der näheren Umgebung. Dann vergrößerten wir unseren Radius und bezogen die Berge rund um Matt mit ein. Was suchte ich eigentlich genau? Glaubte ich, Peters Leiche zu finden? Hoffte ich auf irgendwelche Hinweise? Hoffte ich, seinen Rucksack, seinen Anorak, seine Mütze zu finden? Was suchte ich?

Der Pilot zog seine Kreise mit stoischer Ruhe. Ich suchte mit dem Fernglas den Boden ab. Drei Stunden waren wir schon in der Luft. Der Pilot wollte gerade umkehren. Plötzlich wurde ich geblendet. Einen winzigen Moment nur. Ein Spiegel oder ein Stück Glas musste einen Sonnenstrahl reflektiert haben.

„Halt!“, wies ich den Piloten an. „Bitte zurück. So tief runter wie möglich und versuchen sie die Position zu halten.“

Ich suchte mit dem Fernglas den Boden ab. Dann hatte ich Glück. Eine dunkelblaue Windjacke. Der Pilot landete in einiger Entfernung auf einem Plateau. Wir waren gut 2000 Meter hoch. Ich stieg aus und fand die Jacke auf Anhieb. Bis auf ein Brillenetui mit den Initialen PL war die Jacke leer. Es bestand kein Zweifel: Es war Peters Jacke. Nach kurzem Suchen entdeckte ich auch die Brille, die die Spiegelung hervorgerufen haben musste. Schmaler Goldrand, runde Gläser. Ich konnte es nicht beschwören, aber ich war mir ziemlich sicher, dass es sich um Peters Brille handelte. Damit war geklärt, wo er nach Verlassen des Ferienhauses am Montagmorgen vor gut einer Woche hingegangen war.

Am Samstag war er am späten Nachmittag in Matt angekommen. Peter und sein Liebhaber hatten im Restaurant in der Nähe zu Abend gegessen. Den Sonntag über hatte Peter, nach Angaben von Frau Bürkli, das Haus nicht verlassen. Am Montag in aller Frühe war er mit seinem Begleiter weggefahren. Sein Freund hatte gegen Mittag das Gepäck abgeholt. Peter war seitdem verschwunden. Seine Brille, gefunden auf einem steinigen Berghang in mehr als 2000 Meter Höhe und ungefähr zehn Kilometer von Matt entfernt, war das letzte Lebenszeichen von ihm. Wieso Lebenszeichen? Ich hatte keinen einzigen Hinweis darauf, dass Peter zum Zeitpunkt, als die Brille im Gras gelandet war, noch gelebt hatte. Genauso wenig hatte ich einen Beleg dafür, dass er heute, mehr als eine Woche nach seinem Verschwinden, nicht mehr am Leben war.

Am Nachmittag ließ ich mich von dem Hubschrauberpiloten auf dem Plateau absetzen und durchkämmte bis zum Einbruch der Dunkelheit das Gelände. Ohne Erfolg. Der Dorfpolizist organisierte für den nächsten Tag einen Suchtrupp, bestehend aus acht Beamten und drei Suchhunden. Von morgens um acht bis abends nach 19 Uhr wurde buchstäblich jeder Grashalm und jeder Stein in der Umgebung des Brillenfundortes umgedreht. Kein noch so kleiner Hinweis auf Peters Verbleib wurde gefunden. Eine weitere Suchaktion lehnte die übergeordnete Dienststelle in Glarus mit dem Hinweis auf die Aussichtslosigkeit ab. Da der Sparkassendirektor sich nicht über die Höhe der mir zur Verfügung stehenden Geldsumme geäußert hatte, die Hubschrauberflüge nicht gerade billig gewesen waren und ich nicht einschätzen konnte, was der Detektiv verlangen würde, beschloss ich, am Samstag nach Mannheim zurückzukehren. An das Montafon-Projekt dachte ich lieber nicht.

„Seit Montag vergangener Woche wird Peter L., Filialleiter der örtlichen Sparkasse, vermisst. Peter L. verbrachte einige Urlaubstage im Ferienhaus eines Freundes in Matt im Schweizer Kanton Glarus. Die Polizei schließt ein Gewaltverbrechen nicht aus. Sachdienliche Hinweis nimmt jede Polizeidienststelle entgegen."

Die kurze Meldung wurde vom Mannheimer Morgen am Donnerstag veröffentlicht. Seit Peters Verschwinden waren zehn Tage vergangen. Am Samstag erschien ein ausführlicher Bericht. Peters Werdegang wurde lang und breit geschildert, jetzt wurde auch der vollständige Name veröffentlicht. Ein Foto zeigte Peter mit dem Sparkassendirektor, der ihm gerade die Hand schüttelte.

„Herrn Lehmann stand eine glänzende Zukunft bevor", wurde Peters Chef zitiert.

Ist es Ihnen aufgefallen? Erst beim zweiten Lesen bemerkte ich, dass von Peter in der Vergangenheit gesprochen wurde.

Der Privatdetektiv hatte in meiner Abwesenheit hervorragende Arbeit geleistet. Peter hatte in der Schweiz ein Bankkonto. Ich hätte gern gewusst, ob der Sparkassendirektor, sein väterlicher Freund, vorher darüber informiert war. Das nächste Ermittlungsergebnis schlug wie eine Bombe ein. Am Montagmorgen, dem Tag seines Verschwindens, hatte Peter um 11:28 Uhr dieses Konto aufgelöst und 174.000 Schweizer Franken abgehoben. Das war ein Ding! Hatte das Geld mit Peters Verschwinden zu tun? War es nicht ein starkes Motiv?

Nicht genug damit. Peters Liebhaber war ebenfalls aufgespürt. Andreas Maurer, 23 Jahre alt, Student der Betriebswirtschaft in Mannheim, zumindest eingeschrieben an der Uni, Taxiaushilfsfahrer, sportlich, 1,92 Meter groß, in der Szene der Stadt kein Unbekannter.

Der Detektiv hatte ihn in die Mangel genommen. Alles deckte sich mit dem, was Frau Bürkli wusste. Anreise am Samstag, schon während der Hinfahrt Streitereien.

„Unsere Vorstellungen über eine Beziehung gingen auseinander. Peter wollte was Festes. Ich stehe mehr auf Abwechslung."

Mit Streit fing der Sonntag an. Maurer verließ das Ferienhaus, kam erst gegen Abend zurück. Versöhnung, erneuter Streit, noch eine Versöhnung. Am Montagmorgen sei die Situation angespannt und gereizt gewesen. Lehmann und Maurer wollten die Differenzen zurückstellen.

„Wir wollten bei einer Bergtour entspannen, Kraft tanken."

Kurz hinter Matt ging im Auto die Diskussion wieder los. Lehmann sei auf einen Parkplatz gefahren, man habe sich sachlich und ruhig unterhalten und war zu dem Schluss gekommen, dass die Vorstellungen nicht kompatibel seien. Nicht kompatibel, genau dieser Ausdruck sei von Maurer gebraucht worden. Man beschloss, sich zu trennen. Maurer erklärte sich bereit, mit dem Zug zurückzufahren. Lehmann gab an, noch einige Urlaubstage in der Schweiz zu verbringen. Die alleinige Rückkehr ins Ferienhaus bestritt Maurer nicht. Er habe Lehmann in Glarus abgesetzt. Lehmann wollte noch einige Besorgungen machen, unter anderem habe er Geld abheben wollen. Man habe sich Viertel vor zwölf am Bahnhof getroffen. Peter Lehmann habe darauf bestanden, die Fahrkarte zu bezahlen. Mehr nicht! Der Abschied sei kurz und schmerzlos gewesen. Lehmann habe äußerlich gefasst gewirkt. Aber das sei oft nur Fassade gewesen. Maurer wollte nicht ausschließen, dass Lehmann sich etwas angetan haben könnte. Er selbst war um 12:17 Uhr mit dem Zug Richtung Mannheim gefahren. Als Beleg legte er die abgestempelte Fahrkarte vor. Mit der Brille konfrontiert sagte Maurer: „Das ist mir ein Rätsel. Wir waren nicht in den Bergen."

Auch nach mehreren Verhören durch die Polizei blieb Andreas Maurer bei seinen Aussagen, wich keinen Millimeter ab und verstrickte sich zu keiner Zeit in Widersprüche. Die 174.000 Schweizer Franken, von denen Maurer angeblich nichts wusste, blieben ebenso verschwunden wie Peters Auto.

Sie wollen wissen, ob Peter das Geld in Glarus persönlich abgehoben hat? Nach den Ermittlungen des Detektivs besteht daran kein Zweifel. Der Kassierer kannte Peter und identifizierte ihn auf einem Foto.

Ohne neue Erkenntnisse vergingen Tage und Wochen. Montagmittag, die kühle Verabschiedung am Bahnhof, das letzte Lebenszeichen von Peter, zumindest wenn ich, und das war das grundsätzliche Dilemma, Maurer glauben wollte. Alle Aussagen, die Peters Verschwinden betrafen, abgesehen von Frau Bürklis Auskunft, der Brille und dem abgehobenen Geld, waren Aussagen aus zweiter Hand. Und unser Hauptzeuge selbst war tief in die Sache verstrickt. Andreas Maurer war Hauptzeuge und Hauptverdächtiger in einer Person. Um 11:28 Uhr hebt Peter Lehmann persönlich 174.000 Schweizer Franken in Glarus ab. Um 12:17 Uhr sitzt Andreas Maurer im Zug nach Mannheim, Beweis: die Fahrkarte. Der Schaffner glaubte sich an Maurer zu erinnern, war sich aber nicht sicher. Peters Brille wird in 2000 Meter Höhe zehn Kilometer Luftlinie vom Bahnhof entfernt gefunden. Mit zerbrochenem Glas. Maurer beschwor, dass sie nicht zusammen in den Bergen gewesen seien. Ungereimtheiten.

Die Polizei stellte nach und nach die Ermittlungen ein. Es gab keine Leiche. Der Hauptverdächtige in einem Fall ohne Opfer verstrickte sich nicht in Widersprüche. Ich bekniete die Polizei, das Alibi im Zug genauer unter die Lupe zu nehmen. Was, wenn Maurer einen Komplizen gehabt hatte? Ohne Leiche kein Fall. Der lapidaren Feststellung der Polizei konnte ich nichts entgegensetzen.

Der Sparkassendirektor hätte sicherlich einen weiteren Betrag flüssig gemacht, aber ich wollte ihn nicht um weiteres Geld bitten. Ich hatte meinen Job in den letzten Wochen sträflich vernachlässigt. Ich hatte mich kaum um meine Familie gekümmert. Das Montafon-Geschäft war mir durch die Lappen gegangen. Die Suche nach Peter Lehmann hatte mein Leben bestimmt, war zur fixen Idee geworden.

„Wenn du so weiter machst, drehst du noch durch“, hatte meine Frau mehr als einmal zu mir abends im Bett gesagt. Und Sie werden ihr sicherlich Recht geben. Ich kam zu dem Schluss, dass weitere Nachforschungen hoffnungslos waren und zum Wohl meiner Familie und zu meinem eigenen Schutz besser unterbleiben sollten.

Inzwischen sind fast zwei Jahre vergangen. Ich habe mich wieder gefangen, beruflich und privat. Nur manchmal denke ich noch an Peter Lehmann.

„Einen grausigen Fund machte die Polizei, als sie vergangenen Mittwoch eine Wohnung in der Lenaustraße aufbrechen ließ. Eine Bewohnerin hatte die Polizei alarmiert, weil ihr Nachbar seit Tagen nicht mehr gesehen worden war und der Briefkasten überquoll. Sonst hatte der Nachbar sich immer bei ihr abgemeldet, wenn er verreiste. Im Schlafzimmer fanden die Beamten die Leiche eines Mannes. Es handelte sich um den 25-jährigen Wohnungsinhaber, einen Studenten, der gelegentlich Taxi fuhr und als homosexuell bekannt war. Laut Obduktionsbefund trat der Tod bereits in der Nacht von Samstag auf Sonntag ein. Das Opfer war niedergeschlagen und dann mit einem Stromkabel erdrosselt worden. Bei ihren Ermittlungen tappt die Polizei noch völlig im Dunkeln."

Den Artikel, haben Sie den gelesen? Halten Sie sich fest. Der Homosexuelle, das war Andreas Maurer! Vor zwei Jahren das geheimnisvolle Verschwinden von Peter Lehmann, der sich einfach in Luft auflöste. Und Andreas Maurer war in den Fall verwickelt. Er war der Letzte, der Lehmann gesehen hatte. Und jetzt wird dieser Andreas Maurer Opfer eines mysteriösen Mordanschlags. Das kann doch kein Zufall sein!

Hatte Maurer vor zwei Jahren einen Komplizen gehabt? Wenn ja, wer war dieser Komplize? War es zwischen Maurer und dem Komplizen jetzt zum Streit gekommen? Hing der Mord an Andreas Maurer mit dem Verschwinden von Peter Lehmann zusammen? Wie war Peters Autounfall einzuordnen? Gab es eine Verbindung zu seinem Verschwinden? Lag der Schlüssel zur Lösung des Falles bei Lehmann selbst? Ist er wirklich tot oder vor zwei Jahren nur untergetaucht? Wenn er noch lebt, was weiß er? Viele Fragen, wie Sie sehen! Wenn das kein Stoff für einen Krimi ist! Machen Sie was draus!

* *

An dieser Stelle endet Machwirths Erzählung. Ich sehe ihn noch genau vor mir. Theo Machwirth, Immobilienmakler. Wie er in seinem Cabrio vorbeifährt und mir lässig zuwinkt, während ich gerade die Blumen auf der Fensterbank vor dem Haus gieße. Wie er nach seinem Schlaganfall im Rollstuhl sitzt, wenige Tage vor seinem Tod. Wir hatten uns in den Feldern zwischen Feudenheim und Wallstadt vor knapp drei Jahren kennen gelernt, als wir beide mit dem Hund unterwegs waren. Ein-, zweimal die Woche begegnete ich ihm. Moritz, unser Hund, war ganz verrückt nach Lena, der Mischlingshündin von Machwirth. Wir kamen ins Gespräch, unterhielten uns anfangs über die Hunde und das Wetter, dann, als er mitbekam, dass ich schrieb, fing er an von Peter Lehmann zu erzählen. Über Wochen spann er die Geschichte einer wahren Freundschaft fort. Es kam soweit, dass ich ihn am Hoftor abpasste, um auf den neuesten Stand gebracht zu werden. Als die Geschichte vor zwei Jahren im Sande verlief, wurden die Hunde wieder zum beherrschenden Thema. Die Mischlingsdame kam in die Jahre und Moritz musste sich ziemlich anstrengen, um sie zur gewohnten Hatz über die Felder zu begeistern. Irgendwann begegnete ich ihm nicht mehr. Wochen später traf ich Theo Machwirth zufällig im Ochsen in der Hauptstraße und er erzählte mir, dass Lena an Altersschwäche gestorben sei. Ein Jahr führte ich Moritz alleine in den Feldern aus, bis er Lena in den Hundehimmel folgte. Machwirth sah ich nur noch selten, wenn er mit seinem Cabrio winkend an mir vorbeifuhr. Dann, vor drei Monaten, klingelte es, Machwirth stand an der Tür und wollte mich sprechen. Ich bat ihn herein, wir setzten uns in den Garten, ich servierte einen Rosé und erfuhr vom Mord an Andreas Maurer. Natürlich hatte ich von dem Mord gelesen, aber erst durch Machwirths Einlassungen erschlossen sich mir die Zusammenhänge. Und als Machwirth nach der dritten Flasche und weit nach Mitternacht endlich aufbrach, fielen die Worte: „Machen Sie was draus!“

Machwirths Geschichte ließ mich nicht mehr los. Peter Lehmann. Andreas Maurer. Ich dachte mir unzählige Szenarien aus. Maurer ermordet Lehmann und schnappt sich das Geld. Lehmann taucht unter und Maurers Ermordung hat mit Lehmann nichts zu tun. Je mehr ich nachdachte, desto abenteuerlicher wurden meine Vermutungen. Bei allen Überlegungen, das gebe ich ehrlich zu, war Machwirth außen vor. Schier zur Verzweiflung trieb mich, dass ich Machwirth nicht mehr begegnete. Er schien wie vom Erdboden verschluckt. Auch sein Cabrio parkte nicht mehr vor dem Mehrfamilienhaus einige Straßen weiter. Schließlich hielt ich es nicht mehr aus. Ich ging in seine Straße und fand zu meiner Überraschung sein Klingelschild nicht mehr. Ich klingelte bei Schneider im Erdgeschoss. Frau Schneider, eine leicht korpulente und geschwätzige Frau, klärte mich auf.

„Ja, wissen Sie das denn nicht? Vor zwei Monaten hatte Herr Machwirth einen Schlaganfall. Ich selbst habe ihn im Hof gefunden. Wenn ich nicht so schnell den Notarzt gerufen hätte... Aber vielleicht wäre es für ihn das Beste gewesen. Er ist im Pflegeheim. Nicht weit von hier im Theodor-Fliedner-Haus. Sitzt im Rollstuhl, lallt nur vor sich hin, ein trauriger Anblick. Einmal habe ich ihn besucht, aber das nimmt mich viel zu sehr mit. Das kann ich mir nicht zumuten. Der erkennt einen ja nicht einmal mehr."

„Was macht denn sein Immobiliengeschäft?", fragte ich Frau Schneider.

„Immobiliengeschäft? Der Herr Machwirth war arbeitslos, seit gut einem halben Jahr schon. Die Spedition, bei der er im Büro arbeitete, ging pleite."

Ich bedankte mich bei Frau Schneider und verabschiedete mich. Machwirth hatte mich belogen! Reichlich irritiert streifte ich noch eine Zeitlang durch die Gassen in Alt-Feudenheim, bis ich meine Gedanken so weit sortiert hatte, dass ich ruhig nach Hause gehen konnte. Am nächsten Tag besuchte ich Machwirth im Pflegeheim. Ich bin nicht sicher, ob ein kurzes Aufflackern in seinen Augen signalisierte, dass er mich erkannte. Er saß in seinem Rollstuhl, konnte den Kopf nur mit Mühe heben, ein Rinnsal Speichel im Mundwinkel. Und, Frau Schneider hatte Recht, er gab unverständliche Laute von sich. Es war in der Tat nur schwer zu ertragen, den einst lebenslustigen, optimistischen, freundlichen Mann in dieser Verfassung zu sehen. Von da an besuchte ich ihn regelmäßig. Die Aussage der Schwester, Herr Machwirth erhielte nur von mir Besuch, kam mir zwar seltsam vor, aber ich fragte nicht nach. Bei meinem dritten oder vierten Besuch glaubte ich die Worte Konto und Geld zu verstehen. Aber ich konnte mich auch täuschen. Auch bei den weiteren Besuchen glaubte ich diese beiden Worte zu verstehen. Einmal, da bin ich mir sicher, artikulierte Machwirth das Wort „Schweiz" ganz deutlich. Auf mein Nachfragen schwieg er. Wie immer. Dann, letzte Woche, stand der Rollstuhl mit Machwirth nicht im Flur wie jeden Tag, wenn ich zu ihm kam. Auch sein Zimmer war leer. Von der Schwester erfuhr ich, dass er in der Nacht verstorben war.

„Kümmert sich die Familie um die Bestattung?"

„Familie?", fragte die Schwester. „Herr Machwirth hat keine Angehörigen."

„Aber seine Frau, seine Kinder..."

„Herr Machwirth war nie verheiratet und von Kindern ist hier nichts bekannt."

Wie betäubt stolperte ich nach Hause. Als ich wieder klar denken konnte, fiel es mir wie Schuppen von den Augen. Machwirth hatte immer allein den Hund ausgeführt. Nie hatte ich ihn in irgendeiner Begleitung gesehen. Keine Frau. Keine Kinder.

Theo Machwirth, der mir die Geschichte seiner wahren Freundschaft mit Peter Lehmann in allen möglichen Details über Wochen hin erzählt hatte!

„Machen Sie was draus!“

In die Irre geführt! Nach Strich und Faden belogen! Und ich hatte ihm alles geglaubt, hatte ihm blind vertraut, keine seiner abenteuerlichen Erzählungen auch nur im Geringsten hinterfragt. Es gab nur zwei Möglichkeiten. Entweder war alles von vorne bis hinten erlogen und Machwirth hatte sich einen Spaß daraus gemacht, mir eine hanebüchene Story aufzutischen. Aber Maurers Ermordung war nicht erfunden, sie war schließlich groß durch die regionale Presse gegangen. Und auch vom Verschwinden eines Sparkassenfilialleiters glaubte ich im Mannheimer Morgen gelesen zu haben. Oder, und bei diesem Gedanken lief mir eine Gänsehaut über den Rücken, Theo Machwirth selbst war tief in die Sache verstrickt. Machwirth war nicht der integre Held, der uneigennützig seinen Freund suchte. Er hat Lehmann in der Schweiz getroffen. Er hat ihn um die Ecke gebracht, hat das Geld an sich genommen, hat Maurer, der ihm nach zwei Jahren auf die Schliche gekommen ist, ebenfalls ins Jenseits befördert. Wie konnte ich nur so gutgläubig sein?

Übermorgen wird Machwirth begraben. Ich werde natürlich zu seiner Beerdigung gehen. Das bin ich ihm schuldig. Auch wenn er ein Doppelmörder gewesen sein sollte. Vielleicht war er auch nur ein Geschichtenerzähler. Wie dem auch sei: Ich denke, ich werde ihn in guter Erinnerung behalten. Schließlich hat er mich bei unzähligen Abendspaziergängen mit dem Hund gut unterhalten.

Die Florentiner Vorstellung

Die Grüße richte ich meiner Frau aus. Die Visitenkarte haben Sie eingesteckt. Schade, dass Sie nicht mit ins Krankenhaus kommen können. Ihre Kontonummer habe ich notiert. Das Geld überweise ich, gleich, wenn ich zu Hause bin. Bis demnächst im „Weißen Lamm". Oder nächstes Jahr in Rimini, da weiß man, was man hat. Wenn ich zu Hause bin, erledige ich die Sache sofort. Versprochen.

Excuse me. Ah, Sie sind Landsleute? Und ich breche mir was ab mit meinem Englisch. Ein Glück, dass ich Sie hier treffe. Wären Sie so freundlich und würden mich vor dem Amor da knipsen? Damit der Film voll wird und zur Erinnerung. Springe? In der Nähe von Hannover? Kenne ich leider nicht. Sie waren wirklich noch nie in Mannheim? Schwetzingerstadt. Wir haben dort eine Gaststätte, „Zum weißen Lamm", gutbürgerliche Küche, Jägerschnitzel mit Brot sechs neunzig. Da würden Sie Ihre Probleme mit haben, junge Frau. Das sehe ich auf den ersten Blick. Eine Zigarette? Nichtraucher? Vernünftig. Nach dem Urlaub hören wir auf, habe ich zu meiner Frau gesagt. Aber die ganze Aufregung heute. Diese Ruhe hier im Broboli-Garten. Boboli, heißt der? Sie kennen sich gut aus. Wir sind gestern erst nach Florenz gekommen. Letztes Jahr Rimini. Sie haben Recht, viel zu viele Deutsche und das Gedränge am Strand. Ohne uns, habe ich letztes Jahr zu meiner Frau gesagt. Ein Ferienhaus in Dogana? Ein kleiner Ort, ohne ein einziges Geschäft, keine Bar. Dass es so etwas noch gibt! Sicher erholsam und ruhig. Da wird Ihnen unser „Weißes Lamm" aber bestimmt gefallen. Urgemütlich, alte gediegene Einrichtung, alles aus Holz, im Garten ein paar Tische. Da können Sie in aller Ruhe Ihr Viertel Wein trinken. Richtig zum Wohlfühlen.

Das trifft sicher Ihren Geschmack. In den Uffizien waren wir noch nicht. Das stand heute auf dem Programm. Ich konnte ja nicht ahnen. Von dem hohen Eintrittspreis und der Riesenschlange am Eingang lassen wir uns nicht abschrecken. Natürlich lohnt es sich. Wenn meine Frau erst wieder aus dem Krankenhaus entlassen ist. In Mannheim haben wir auch eine Kunsthalle. Dass Sie künstlerisch interessiert sind, habe ich auf den ersten Blick gesehen. Allerdings hätte ich eher auf Poesie getippt. Setzen wir uns doch auf die Bank, da kann ich mir in aller Ruhe Ihre Skizzenmappe anschauen. Herrlich, diese hügelige Landschaft, die schlanken Zypressen. Die Olivenbäume sind alle erfroren? Idyllisch, das halbverfallene Bauernhaus. Da würde es meiner Frau auch gefallen. Schreiben Sie mir doch bitte Ihre Adresse auf! Wissen Sie was? Machen Sie eine Ausstellung bei uns. Im „Weißen Lamm". Wir haben das schon öfters gemacht. So richtig mit Eröffnung und Presse und so. Meine künstlerische Ader. Wir sind bekannt für unsere Ausstellungen. Das wäre doch was. Hier meine Visitenkarte, „Zum weißen Lamm", Seckenheimer Straße. Wenn der Urlaub vorbei ist, leite ich alles in die Wege. Das freut mich jetzt aber wirklich. Im Dom waren wir schon. Beeindruckend. Richtig, der Baukran unter der Kuppel irritiert ein wenig. Und der Bretterzaun. Nach dem Dom ist die Sache mit meiner Frau passiert. Ich darf gar nicht daran denken. Sie haben sicher schon von diesen Motorraddieben gehört. Reißen im Vorbeifahren die Handtaschen von der Schulter. Meine Frau will ihre Handtasche festhalten, stürzt unglücklich auf den Randstein, komplizierter Bruch, Krankenhaus. Die Handtasche gestohlen, Geld weg, Scheckkarten, Ausweise. Sie brauchen nicht zufällig einen Fotoapparat? Muss ich ihn woanders verkaufen. Wenn Sie mir mit ein wenig Geld aushelfen könnten. Keine Angst, ich haue Sie nicht übers Ohr. Und geschenkt will ich auch nichts. Sie haben ja meine Visitenkarte. Und dann sind wir ja schon fast Geschäftspartner. Denken Sie an die Ausstellung. Eigentlich sind wir über Monate ausgebucht. Aber Ihre Bilder haben mich begeistert. Die schieben wir dazwischen. Gleich nach dem Urlaub. Mit 100 Euro wäre mir schon geholfen. Nur geliehen. Schreiben Sie mir doch bitte Ihre Kontonummer auf. Schon so spät. Meine Frau erwartet mich sicher schon im Krankenhaus. Wollen Sie nicht mitkommen? Außer Ihnen kenne ich hier niemanden. Schade. Aber wenn Sie keine Zeit haben… Nach dem Urlaub rufen Sie gleich wegen der Ausstellung an. Ihre Kontonummer habe ich. Bis demnächst im „Weißen Lamm". Wenn ich nach Hause komme, erledige ich das mit der Überweisung sofort.

Excuse me. Sie sind Landleute? Was für ein Glück! Und ich breche mir was ab.

Neapel sehen

Da hinten am Tisch, die Frau, die in der Zeitschrift blättert, das ist Frau Anton. Eine pflegeleichte Patientin. Verstehen Sie mich nicht falsch. Auf ruhig gestellte Patienten legen wir keinen Wert. Frau Anton ist im Rahmen ihrer Möglichkeiten selbstständig, hält sich an die Anweisungen, steht pünktlich auf, wäscht sich, isst regelmäßig, nimmt ihre Medikamente widerstandslos ein. Ab und zu blättert sie Zeitschriften durch, allerdings haben wir den Eindruck, dass sie abwesend ist. Außerhalb unseres Hauses, auf sich allein gestellt, würde sie nicht zurechtkommen. Sie können mit ihr nicht über ihren Mann reden. Am Anfang haben wir es einige Male versucht. Die Wirkung war erschreckend. Sicherlich hängen die mysteriösen Vorgänge um ihren Mann in irgendeiner Weise mit ihrer jetzigen Verfassung zusammen. Tut mir leid, Frau Anton ist nicht zu sprechen.

Stellen Sie sich vor, Sie sind verheiratet, durchaus glücklich, und das schon seit 25 Jahren. Die Silberne Hochzeit steht vor der Tür, Ihre Gedanken gehen zurück. Sie sind schwanger, Ihr Mann studiert, Neapel, ein magisches Wort, die Abschlussprüfungen stehen bevor. Warum gerade Neapel? Castel Nuovo, Santo Gennaro, Fontana del Nettuno, Worte, die verzaubern, Worte, die Träume entstehen lassen. Neapel. Das Geld ist knapp. Die Hochzeitsreise wird gestrichen.

„Aber wir werden sie nachholen."

Mit fünfundzwanzigjähriger Verspätung ist es jetzt so weit. Neapel. Der Flug verläuft glatt, ein Hotel ist nicht gebucht, aber Anfang November sollte es keine Probleme geben. Das sagen alle. Sie haben einige Adressen in der Tasche, Empfehlungen von Bekannten. Gleich beim ersten Versuch klappt es, kein Drei-Sterne-Hotel, das nicht, aber gediegene Mittelklasse. Sie sind begeistert von Ihrem Zimmer, Ihnen kommt es wie eine komfortable Suite vor, Schlafzimmer, ein Riesenbett, Sie lassen sich umfallen, breiten die Arme aus, Wohnzimmer mit Sitzgarnitur, Fernseher, Telefon, Bad und Toilette getrennt.

„Wo werden wir essen? Auswärts ? Unten im Restaurant?"

„Am liebsten", erklären Sie Ihrem Mann, „würde ich auf dem Zimmer", Sie zögern einen Moment, „speisen."

Gleichzeitig lachen Sie auf. Ihr Mann greift nach dem Telefonhörer, bestellt einen Campari-Soda, einen Campari-Orange und die Karte. Sie machen sich frisch, da klopft es an der Tür. Der Kellner mit den Drinks, kein Servierwagen, nur ein schlichtes Tablett, aber das Essen, hoffen Sie, wird doch sicherlich stilvoller aufgetragen werden. Sie ziehen Ihren Bademantel über, reine Seide und hellbeige, ein Geschenk zum vierundzwanzigsten Hochzeitstag. Ihr Mann steht am Fenster, die Aussicht ist ganz passabel, nicht gerade berauschend, keine Sehenswürdigkeiten, ein paar verwinkelte Altstadtgassen, nicht unbedingt romantisch, aber ruhig ist es, kaum Verkehrslärm. Sie stoßen an.

„Auf die verspätete Hochzeitsreise, auf Neapel."

Sie nehmen beide einen kräftigen Schluck, Neapel sehen, einmal im Leben. Sie stehen engumschlungen am Fenster, draußen ist es schon fast dunkel. Im Dämmerlicht erscheint Ihnen die Aussicht wunderbar. Die Gläser sind schnell leer. Auf dem Beistelltisch im Wohnzimmer liegt die Speisekarte, Ihr Mann liest vor, Prosciutto e Melone, Caprese, Melanzane al Forno, Tortellini gratinata, Filetto Gorgonzola, Tiramisu, Zabaione. Sie können sich nicht entscheiden.

„Such du was aus."

Ihr Mann greift wieder zum Hörer, das Gespräch dauert lang, Sie verstehen kaum ein Wort, das Menü verspricht, umfangreich zu werden. Sie haben einen Bärenhunger, können es kaum abwarten.

„Dich werden wir schon satt kriegen."

Ihr Mann verschwindet im Bad. Als er nach zehn Minuten nicht zurück ist, werden Sie unruhig und rufen nach ihm. Keine Antwort. Sie schauen nach, er stützt sich am Waschbecken auf, ist nach vorne gesunken, presst die Hände auf den Bauch.

„Was ist denn los?"

„Nichts Schlimmes, nur der Magen."

Sie nehmen seine Hand, „wird schon wieder werden", erschrecken, die Hand ist feucht, der anstrengende Flug.

„Das kriegen wir schon wieder hin."

Sie führen ihn aus dem Bad, er legt sich auf das Sofa, stöhnt vor Schmerzen, ist schweißgebadet. Sie fahren ihm mit der Hand über die Stirn. Kalter Schweiß. Er hat sich zusammengerollt, ist vom Sofa heruntergerutscht, kniet zusammengesunken davor. Er ist nicht ansprechbar, reagiert auf keine Frage von Ihnen. Sie schütteln ihn. Keine Reaktion, nur das Wimmern nimmt zu. Ein Arzt muss her. Ein Krankenwagen. Sie fühlen den Puls, der ist kaum noch fühlbar. Sie greifen nach dem Telefon. Der Portier meldet sich. Sie suchen sich Ihre wenigen Italienisch-Brocken zusammen, der Sprachkurs bei der Volkshochschule, Sie reden drauflos. Der Portier stellt Fragen, Sie antworten, wundern sich, wie leicht das geht. Sekunden später steht der Portier im Zimmer, mit ihm ein zweiter Mann. Die beiden greifen Ihrem Mann unter die Arme, stützen ihn, führen ihn zum Aufzug. Es ist mehr ein Schleifen. Vor dem Hotel steht kein Krankenwagen.

„Mit seinem Auto geht es viel schneller", erklärt der Portier.

Ihr Mann wird auf die Rückbank verfrachtet. Sie rutschen neben ihn, halten die ganze Zeit seine Hand. Der Fahrer fährt einen heißen Stil. Ihnen ist alles recht, wenn es nur schnell geht. Ihr Mann atmet flach, das Wimmern hat aufgehört. Nein, er darf nicht bewusstlos werden!

„Wann sind wir denn endlich im Krankenhaus?“

Der Fahrer reagiert nicht, fährt unbeirrt weiter. Endlich. Er winkt, es geht Schlag auf Schlag, zwei Sanitäter im Laufschritt, Ihr Mann auf einer Trage liegend, eine Glastür, die zuschlägt, Sie hinterher, kommen sich vor wie in einem Film, in dem die Schnitte viel zu kurz und kaum nachvollziehbar sind. Schon wieder eine Tür, die sich vor Ihnen schließt. Sie hämmern dagegen, spüren eine Hand auf Ihrer Schulter, ein weißer Arm, eine Krankenschwester, die beruhigend auf Sie einspricht. Sie verstehen anfangs kein Wort, antworten in Ihrer Sprache, spüren das warme Lächeln der Schwester.

„Es wird alles für Ihren Mann getan, machen Sie sich keine Sorgen.“

Die Schwester spricht deutsch. Wie wenn sie Ihre Gedanken erraten könnte, erklärt sie Ihnen, dass sie einige Jahre in Deutschland gelebt habe, in „Müncken“, wie sie sagt. Das hört sich komisch an, aber Sie erinnern sich an Ihren Anfängerkurs, die ungewohnte Aussprache des ch-Lautes. Die Schwester bringt Sie auf die Station.

„Jetzt erledigen wir in aller Ruhe die Formalitäten, und dann sehen wir weiter.“

Sie werden ruhiger, fassen Vertrauen zu dieser Frau. Maria lesen Sie auf dem Schild an ihrem Kittel und einen Nachnamen, den Sie sich nicht merken können. Schwester Maria, das klingt so vertraut. Ihr Zittern hört auf. Es wird schon alles gut werden. Den Pass Ihres Mannes drücken Sie Schwester Maria in die Hand. Sie unterhält sich mit einem Arzt, Sie verstehen nichts, nur Nicken und Kopfschütteln. Ihrem Mann gehe es den Umständen entsprechend gut, dolmetscht Schwester Maria, er habe eine Spritze gegen die Schmerzen bekommen, er schlafe im Moment friedlich. Sie dürfen ihn nicht sehen, aber morgen früh sicherlich. Über die Ursachen der Erkrankung könne der Arzt noch keine Angaben machen, dazu seien weitere Untersuchungen nötig. Schwester Maria bringt Sie zum Ausgang zurück, lässt Ihren Protest, „aber ich will meinen Mann sehen“, nicht gelten. Und dann stehen Sie auf der Straße in dieser fremden Stadt. Neapel, die Stadt Ihrer Träume. Sie schauen auf die Uhr, später Abend schon. Der Fahrer, der Sie und Ihren Mann ins Krankenhaus gebracht hat, ist verschwunden, kein Wunder. Bevor Sie einem Taxi winken, notieren Sie sich noch den Namen des Krankenhauses. Das Taxi hält vor Ihrem Hotel, und gleich fühlen Sie sich ein wenig zu Hause. Sicher, Sie werden die erste Nacht Ihrer verspäteten Hochzeitsreise allein verbringen. Aber gleich morgen früh werden Sie Ihren Mann sehen, es wird ihm besser gehen, alles wird gut werden. Schwester Maria war sehr hilfsbereit. An der Rezeption muss Schichtwechsel gewesen sein. Den Portier kennen Sie nicht. Sie verlangen Ihren Zimmerschlüssel, der Portier macht einen verwirrten Eindruck.

„Nummer 215“, wiederholen Sie, der Portier schüttelt den Kopf.

„Tut mir leid, das Zimmer ist nicht belegt.“

Was soll das nun wieder? Es kann sich nur um ein Missverständnis handeln. Sie reden auf den Portier ein, lassen Deutsches einfließen, merken, wie Sie lauter werden. Der Portier hält Ihnen das Empfangsbuch unter die Nase.

„Zimmer 215 ist nicht belegt, sehen Sie selbst.“

Sie fordern den Portier auf, Ihnen zu folgen. Sie drücken auf den Fahrstuhlknopf, der Portier steht hinter Ihnen. Er schließt 215 auf, lässt Ihnen den Vortritt. Das Zimmer ist leer, keine Camparigläser, keine Koffer im Vorraum. Panik kriecht hoch. Wo um alles in der Welt sind die Schminkutensilien im Bad geblieben? Das Bett fällt Ihnen ein. Es muss zerwühlt sein. Sie reißen die Tür zum Schlafzimmer auf, das Bett ist frisch bezogen, die Tagesdecke glattgezogen. Keinerlei Hinweis darauf, dass dieses Zimmer vor wenigen Stunden von Ihnen belegt gewesen war. Das falsche Zimmer! Sie müssen sich in der Zimmertür geirrt haben, das ist die Lösung! Sie rennen nach draußen, kein Zweifel, es ist die 215, in diesem Zimmer waren Sie und Ihr Mann untergebracht. Sie wollen zurück ins Zimmer, wollen den Portier zur Rede stellen.

„Was für ein Spiel wird hier gespielt ?"

Da fällt Ihnen Ihr Mann ein. Ihr Mann! Sie warten nicht auf den Aufzug, stürzen die Treppe hinunter, winken einem Taxi, geben dem Fahrer die Adresse des Krankenhauses, schnell, schnell. Die Szene an der Pforte kommt ihnen seltsam bekannt vor. Der Pförtner blättert in seinem Buch vor und zurück, Ihnen geht das zu langsam, Sie schreiben den Namen Ihres Mannes auf einen Zettel, reichen ihm das Papier durch das Guckloch. Der Mann an der Pforte verzieht das Gesicht, geht nochmals die Liste durch. Nach einer Ewigkeit gibt er Ihnen das Eingangsbuch. Sie gehen die Eintragungen des letzten Tages durch, die von gestern, von vorgestern, kein Eintrag unter diesem Namen. Dabei waren Sie dabei, wie Schwester Maria die Eintragungen vorgenommen hat. Schwester Maria, natürlich, Schwester Maria wird Ihnen helfen. Alles wird sich aufklären. Schwester Maria, warum sind Sie nicht früher draufgekommen. Der Pförtner hat das Buch zurückgenommen, winkt ab.

„Schwester Maria, wer soll das sein?"

Er greift nach dem Telefonhörer, Sie spurten los, vorbei an der Pforte, hin zum Aufzug. Noch ehe das Glockenzeichen die Ankunft des Aufzuges verkündet, werden Sie am Arm gefasst, kräftige Männerhände, zwei Krankenpfleger, Sie versuchen, sich loszureißen, keine Chance! Die Schraubstockhände sind unerbittlich. Vorbei an der Pförtnerloge werden Sie höflich aber bestimmt zum Ausgang geschoben. Die Krankenhaustür schließt sich. Die Krankenpfleger, die Sie erst jetzt richtig in den Blick bekommen, bleiben hinter der Tür stehen. Sie können keinen klaren Gedanken fassen, streifen durch die Straßen, Neapel, die Stadt, auf die Sie sich so gefreut haben, wird zum Alptraum. Mitternacht muss längst vorbei sein. Ein Passant macht Ihnen eindeutige Avancen. Sie reißen sich von seinem Arm los, den er auf Ihrer Schulter platziert hat. Weg von hier, Sie rennen los, laufen, laufen, bis Sie endlich auf eine Parkbank sinken. Vielleicht dösen Sie ein, wachen auf, als es anfängt zu dämmern. Sie versuchen die Panik, die Sie erfasst hat, wegzuschieben, atmen tief durch, ordnen die Gedanken. Bestandsaufnahme. Der Flug, das Hotel, der Campari, der mit Soda, die Magenschmerzen, die Fahrt zum Krankenhaus, Schwester Maria, die freundliche, die hilfsbereite, die Rückkehr ins Hotel, der unbekannte Portier, das leere Zimmer, das Krankenhaus, der Rauswurf, die beiden Krankenpfleger als Türwächter, Filmriss. Neapel, die Stadt ist auf einmal fremd. Kaum der Sprache mächtig, die Koffer verschwunden, Sie besitzen nur, was Sie am Körper tragen, alle persönlichen Unterlagen, Ausweis, Scheckkarte, Flugtickets, sind im Hotel verschwunden, die Unterlagen Ihres Mannes haben Sie im Krankenhaus abgegeben. Mit dem Geld in Ihrer Handtasche kommen Sie nicht weit. Sie wissen, jetzt müssen Sie stark bleiben, dürfen nicht die Nerven verlieren, müssen überlegt die nächsten Schritte planen.

Der Konsulatsbeamte ist sehr zuvorkommend und mitfühlend. Um Ihre Papiere bräuchten Sie sich keine Gedanken zu machen. Ein Hilfsausweis sei schnell ausgestellt. Und auch in finanzieller Hinsicht, weiterer Aufenthalt hier, falls überhaupt gewünscht, Rückflug, alles kein Problem. Als die Rede auf Ihren Mann kommt, spüren Sie

Unsicherheit des Beamten. Natürlich müsse die Polizei eingeschaltet werden, kein Zweifel. Er werde das alles in die Wege leiten. Natürlich würden in dem Hotel und auch im Krankenhaus Ermittlungen durchgeführt. Er wolle Ihnen aber keine allzu großen Hoffnungen machen. Das Verschwinden Ihres Mannes sei der dritte Fall in der letzten Zeit, erst ein Rumäne vor einem halben Jahr, dann ein Südkoreaner vor zwei, drei Monaten. Die Unterkunft sei jedes Mal eine andere gewesen, an den Namen des Krankenhauses erinnere er sich in diesem Zusammenhang nicht. Das sei aber nicht von Bedeutung. Sie hätten sehr überlegt gehandelt, indem Sie sich den Namen des Krankenhauses notiert haben. Ein so umsichtiges Verhalten sei nicht die Regel. Aber vielleicht habe man es hier mit organisiertem Verbrechen zu tun, generalstabsmäßig vorbereitet und durchgeführt, in den beiden anderen Fällen habe es keinerlei Hinweise, geschweige denn Beweise, gegeben.

„Aber warum, wo ist mein Mann, was ist mit ihm passiert?“, schreien Sie los.

Und: „Warum gerade mein Mann?“

Der Beamte schaut Sie ernst an. Die Polizei habe einen schrecklichen Verdacht geäußert. Es bestehe eine enorme Nachfrage, die Preise, die unter der Hand gezahlt würden, seien immens. Der illegale Handel blühe. Die Ausführungen des Konsulatsbeamten werden Ihnen anfangs unverständlich erscheinen. In den folgenden Tagen, die Sie noch in Neapel verbringen, wird es Ihnen nach und nach dämmern. Und in der Tat wird es keinerlei Hinweise auf Ihren Mann geben. Die Polizei wird alles Menschenmögliche unternehmen. Unzählige Verhöre mit den Hotelangestellten und den Mitarbeitern im Krankenhaus. Alle ohne irgendein Ergebnis. Ihr Mann wird im Hotel unbekannt sein. Und auch im Krankenhaus wird sich kein Hinweis finden. Alle Spuren werden ins Leere laufen. Der Polizei werden Sie keinen Vorwurf machen können. Und auch der Konsulatsbeamte wird sich vorbildlich für Sie und Ihren Mann einsetzen. Den Tag Ihrer Abreise werden Sie in keinem beneidenswerten Zustand erleben.

Frau Anton ist bei unserem Personal sehr beliebt. Sie stellt keine Ansprüche, macht einen ruhigen Eindruck, ist verträglich und berechenbar. So soll es auch in Zukunft bleiben. Ich kann nicht verantworten, dass sie aufgeregt, dass sie aus dem Gleichgewicht gebracht wird. Und alles, was mit dem Verschwinden ihres Mannes in Zusammenhang steht, würde sie unweigerlich aus der Bahn werfen. Die Chancen einer Besserung sind gering. Was mit ihrem Mann passiert ist, das wird wohl nie aufgeklärt werden. Die italienische Polizei hat die Sache längst ad acta gelegt. Ich muss mich verabschieden, Herr Kommissar. Das Abendessen wird in wenigen Minuten aufgetragen. Und ich muss vorher noch einige Unterlagen unserer Patienten durchsehen, Befunde, Berichte, was eben so anfällt, Tag für Tag.

Ausbruch

Sie wollte es sich lange nicht eingestehen. Er war unberechenbar. Und er hatte sie in der Hand, konnte mit ihr nach Belieben spielen. Er kam aus einer anderen Welt, einer Welt, die so ganz verschieden war von der, aus der sie gekommen war. Mit ihm hatte diese Lust an der Gefahr von ihr Besitz ergriffen. Dieser Kitzel. Mit ihm hatte sie zum ersten Mal gespürt, wirklich zu leben.

Das Telefon läutete, Bettfedern knarrten, Finger tasteten vorsichtig auf den Nachttisch. Bloß aufpassen, dass die Taschenuhr nicht zu Boden fiel. Die Reparatur beim letzten Mal war Lauer teuer zu stehen gekommen. Endlich fand er sein Handy.

„Hallo? Ja, am Apparat. Eine Leiche? Wo? Ja. Halbe Stunde. Mindestens. Schneller geht es nicht."

Sie saß in ihrem Auto und wartete. Ziellos war sie durch die Gegend gefahren. Wollte nur weg. Weg von der Bevormundung durch ihre Eltern. Hast du dir schon Literatur für die Hausarbeit besorgt? Du wolltest doch beim Professor vorsprechen? Meinst du, das wäre der passende Aufzug? So kannst du doch nicht in die Vorlesung gehen! Jetzt war der Tank leer. Sie war in einem Kaff gelandet, in dem nichts los war, selbst an der Zapfsäule war sie allein. Der Mann an der Kasse hatte einen Spruch losgelassen, über den sie nicht hatte lachen können. Sie war neben der Zapfsäule stehen geblieben. Ein Knall ließ sie hochfahren. Ein Schuss, dachte sie zuerst. Sie schaute um sich, entdeckte aber nichts Auffälliges. Sicher eine Fehlzündung bei einem Auto. Sie legte ihren Kopf auf das Lenkrad und schloss die Augen.

Wir wollen dir ja nicht reinreden, aber wir würden das Referat anders strukturieren. Hast du auch wirklich genug für die Klausur gelernt? Wir wollen doch nur dein Bestes. Plötzlich riss jemand die Beifahrertür auf, drückte etwas Kaltes, Metallenes an ihre Schläfe. Sie wusste nicht, wie viel Zeit seit dem Knall vergangen war. Als sie aufschauen wollte, verstärkte sich der Druck.

„Losfahren! Mach schon! Auf, auf!"

Eine junge Stimme. Eine Männerstimme. Aggressiv. Keinen Widerspruch duldend. Wenn er jetzt abdrückte? Sie stellte sich viele kleine Explosionen vor. Sie wunderte sich, dass sie keine Angst hatte. Sie drehte den Schlüssel um und ließ die Kupplung kommen.

„Mach schon! Schneller!"

Sie trat das Gaspedal voll durch. Die Reifen heulten auf.

„Da vorne links!"

Weit entfernt hörte sie eine Polizeisirene.

Lauer, den einen Arm schon in der Jacke, verschluckte sich am Leitungswasser, das er in sich hineinschüttete. Er hatte sich hastig angezogen, ein Stück Brötchen von gestern verschlungen, auf einen heißen Kaffee verzichtet. Er steckte seinen Dienstausweis ein. Es kam öfter vor, dass er den vergaß. Dann zog er die Tür zu. Im Treppenhaus schaute er auf seine Taschenuhr. Seit dem Anruf waren gerade mal vier Minuten vergangen.

Neckarsteinach. So hieß der Ort also. In Neckargemünd dirigierte er sie über die Neckarbrücke. Sie waren Richtung Heidelberg unterwegs. Er trug eine Wollmütze, die er sich in die Augen gezogen hatte. Noch immer hielt er die Pistole auf sie gerichtet. Als sie Heidelberg verließen und auf die Autobahn fuhren, lag die Waffe auf seinen Knien und die Mütze war ein wenig hochgerutscht. Eine blonde Haarsträhne. Ein Nasensticker. Nicht unsympathisch.

„Rechts auf den Ring!“, erhielt sie in Mannheim am Hauptbahnhof die Anweisung.

„Warum hat der Idiot bloß eine Pistole hervorgeholt“, murmelte er vor sich hin. „Warum bloß?“

Sie musterte ihn aus den Augenwinkeln.

„Was hätte ich denn tun sollen?“

Er sah blass aus. Seine Unterlippe zitterte. Auf seiner Stirn standen Schweißperlen. Wie ein Monster kam er ihr nicht vor. Sie passierten ein Schild mit der Aufschrift „Sperrbezirk“.

„Weil sich so ein Scheiß-Gockel infiziert hat, machen die so einen Aufstand.“

Seine Unterlippe zitterte nicht mehr. Kurz vor der Kurpfalzbrücke ließ er sie rechts ranfahren. Sie parkte vor dem stillgelegten OEG-Bahnhof. Letztes Jahr hatte hier ein Biergarten über die Sommermonate geöffnet gehabt, allerdings nur mäßig besucht. Kein Wunder, das Gelände war lieblos gestaltet. Sie wollte den Kopf drehen und ihn anschauen, doch wieder spürte sie den kalten Druck an der Schläfe.

„Kein Wort“, sagte er, „wenn dir dein Leben lieb ist.“

Sie nickte.

„Und denk dran: Ich habe deine Autonummer“, sagte er beim Aussteigen.

Beim sechsten Versuch sprang der Lada endlich an. Es wurde höchste Zeit, dass er sich um einen neuen Wagen kümmerte. Meißner hatte schon Recht. Der Wagen war eine Schrottlaube. Und bei weitem nicht auf dem neuesten Stand der Technik. Aber das würde Lauer nie zugeben. Während er das Neckartal entlang fuhr, musste er an den Tankstellenüberfall vor einem halben Jahr denken. Den Pächter erschossen. Die sofort eingeleitete Fahndung ohne Erfolg. Der fünfte Überfall innerhalb eines Vierteljahres. Alle gut vorbereitet. Vier Überfälle im Mannheimer Stadtgebiet ohne Verletzte mit der immer gleichen Täterbeschreibung. Der Täter, jung, schlank, Wollmütze, wusste Bescheid, wann ein Überfall sich lohnte. Mehrere tausend Euro jedes Mal. Lauers Handy klingelte. Er schaute auf das Display, unterdrückte Nummer stand dort. Das konnte nur sein Sohn Fabian sein, knapp 28, ewiger Student. Lauer fiel ein, dass er seinem Sohn versprochen hatte, die Kosten für eine Autoreparatur zu übernehmen, es jedoch verschwitzt hatte, das Geld auch tatsächlich zu überweisen.

„Hallo, Fabian, nein, ich habe das nicht vergessen. Heute Abend überweise ich das Geld, versprochen. Was macht das Studium?“

Lauer wusste, dass diese Frage immer zu einem schnellen Ende des Gesprächs führte. Auch heute war dies der Fall. Er musste sich unbedingt mal wieder mit seinem Sohn treffen und mit ihm reden. Lauer tappte im Dunkeln. An der Ampel bei Schlierbach musste er halten.

Sie fuhr los. Im Rückspiegel sah sie, wie er ihr nachschaute. Dann verschwand er im Vienna. Sie kannte das Café. Einmal war sie mit Freunden dort gewesen. Sie wendete an der nächsten Ampel, fand in der Nähe vom Gewerkschaftshaus einen Parkplatz und wartete im Schnell-Imbiss. Nach einer dreiviertel Stunde und der zweiten Cola, Curry-Wurst und Pommes waren längst gegessen, tauchte er auf. Er hatte die Mütze abgezogen. Seine Haare waren halblang und lockig. Sie rannte aus dem Imbiss und ging neben ihm her. Er beachtete sie nicht. Vielleicht gefärbt, überlegte sie. Sie gingen den Ring entlang, vorbei am MVV-Hochhaus.

„Warum läufst du mir nach?“

Er schaute sie nicht an.

„Es interessiert mich“, sagte sie.

Vor der Moschee stapelten sich die Müllsäcke. Viele

der Säcke waren aufgerissen, der Müll quoll über Gehweg und Straße. Der Streik der Müllwerker ging in die siebte Woche.

„Verschwinde!“

Er war stehen geblieben. Seine Hand verschwand in der Jackentasche.

„Du kannst die Pistole drin lassen. Ich verpfeif dich schon nicht.“

Er ging weiter, bog in die Jungbuschstraße ein, drückte eine Haustür auf, die nicht abgeschlossen war.

Sie folgte ihm einfach, er duldete es. Sie kannte sich selbst nicht mehr. Die Briefkästen waren aufgebogen. Im Treppenhaus bröckelte der Putz. Ein pinkelndes Strichmännchen grinste sie an. Die Steinstufen waren ausgetreten. Er ging voraus. Sie versuchte, seinen federnden Schritt nachzuahmen. Das Treppengeländer war wacklig. Kein Wunder, einige Stäbe fehlten. Er schloss die Wohnungstür auf. Da, wo früher mal eine Glasscheibe gewesen war, war jetzt eine Sperrholzplatte. Im ersten Moment war sie schockiert, als sie die Wohnung sah. Das Innere unterschied sich in nichts vom Zustand der Straßen. Pizza-Kartons mit verschimmelten Resten, leere Joghurt- und Buttermilchbecher, aufgerissene Milchpackungen, eine Unmenge leerer Bier- und Weinflaschen, Zeitungen, schmutzige Wäsche und schmutziges Geschirr überall. In der Ecke eine Matratze mit Bettzeug, das den Zustand der Wohnung noch toppte. Heute Morgen, als sie sich in ihrem frisch bezogenen Bett geräkelt hatte, hätte sie sich vor dem Schmutz hier geekelt. Nicht im Traum hätte sie sich vorstellen können, sich auf diese Matratze zu setzen.

„Was willst du eigentlich von mir?“

Sie fand in der Küche eine angebrochene Flasche Rotwein, irgendein Fusel mit Schraubverschluss. Sie nahm einen Schluck.

„Ich hab alles so satt.“

Am nächsten Vormittag fuhr sie nach Handschuhsheim. Sie wohnte noch bei ihren Eltern. Warum denn ausziehen? Bei uns hast du doch alles, dein großes Zimmer, den schönen Blick, den Wald. Das Dachgeschoss haben wir doch extra für dich ausgebaut. Da kannst du schalten und walten, wie du willst. Sie sah aus dem Fenster. Nostalgische Erinnerungen stiegen in ihr hoch. Dann war es wieder vorbei. Heute Morgen stimmte etwas nicht mit dem Garten. Der Walnussbaum! Ihr Baum, an dem sie als Kind immer geschaukelt hatte. Ihre Eltern hatten die Drohung wahrgemacht und den Baum, der ihnen angeblich zu viel Licht im Wohnzimmer nahm, fällen lassen. Typisch! Sie packte einige Sachen zusammen, nur das Nötigste. Du hast hier doch alles, was du brauchst. Was willst du denn mehr?

„Ziehe aus. Macht euch keine Sorgen."

Sie legte den Zettel neben das Telefon. Legte den Hausschlüssel daneben, zog die Tür zu. Zog bei ihm ein, ging nicht mehr zur Uni, fühlte sich wohl in dem Schmutz. Glaubte zu Hause zu sein. Glaubte zu leben. Anfangs versuchten ihre Eltern, sie anzurufen. Sie drückte die Anrufe auf ihrem Handy einfach weg. Später wurden die Versuche zur Kontaktaufnahme seltener, wohl auch, weil das Handy jetzt meistens ausgeschaltet blieb. In den Zeitungen war einige Tage ausführlich über den Überfall an der Tankstelle und dem, wie es hieß, kaltblütigen Mord berichtet worden. Sie erfuhr, dass der Überfall von Neckarsteinach der fünfte nach dem gleichen Schema war. Am Monatsersten bemerkte sie, dass ihre Eltern ihr kein Geld überwiesen hatten. Typisch, dachte sie. Was brauchte sie das Geld ihrer spießigen Eltern in ihrem neuen Leben! Bis spät nachts hingen sie in Kneipen herum, dann schliefen sie bis nachmittags auf der schmuddeligen Matratze, liebten sich, zogen wieder los. Nach einer Woche verschwand er. War eines Nachmittags einfach weg.

Ohne dass es vorher auch nur die Spur einer Andeutung gegeben hätte. Ohne dass sie gestritten hätten. Sie verkroch sich in der Wohnung. Fing an aufzuräumen, entsorgte den Müll. Als sie es nicht mehr aushielt, streunte sie in der Stadt herum, besuchte ihre gemeinsamen Plätze, fragte nach ihm, saß im Biergarten gegenüber vom Vienna. Sie kaufte sich jeden Morgen die Zeitung, las sie von vorne bis hinten, studierte ausführlich den Lokalteil, las jeden Polizeibericht mehrmals. Aber sie fand nichts von einem neuen Überfall. Unerwartet tauchte er wieder auf. Drei Tage waren vergangen. Sie fragte nach. Er schwieg. Sie war froh, dass er wieder da war. Das neue Leben konnte weitergehen. Bis er wieder verschwand.

Lauers Wagen schien automatisch den Weg zu finden. Der Tankstellenüberfall vor einem halben Jahr. Die Frau des Pächters, wie sie sich an ihn geklammert hatte, als er mit Meißner die Nachricht vom Tod ihres Mannes überbracht hatte. Erst hatte sie nur den Kopf geschüttelt, nein, das müsse ein Missverständnis sein, ihr Mann komme gleich nach Hause. Dann klammerte sie sich an ihn, ließ ihn erst wieder los, als ein etwa fünfjähriger Junge hinter ihr Mama gerufen hatte. Lauer parkte gegenüber der Tankstelle.

Er war verschwunden, wieder einmal, tauchte nach fünf Tagen erst auf. Sie stellte ihn zur Rede. Er schwieg. Sie ließ nicht locker, fing von Neckarsteinach an. Er schwieg. Sie sagte, sie wolle dabei sein, wolle mitmachen, wolle ihm als Komplizin nahe sein. Jeden Tag. Sie beschwor ihn. Sie bettelte. Sie drohte. Sie wisse zu viel von ihm. Wenn sie damit zur Polizei gehe. Von einem Moment zum anderen wurde er wütend, schlug ihr ins Gesicht, hatte plötzlich die Pistole in der Hand, drückte sie ihr an die Schläfe. Wie damals an der Tankstelle. Damals war ihr die Szene unwirklich vorgekommen. Jetzt in dieser heruntergekommenen Wohnung hatte sie Angst. Damals war es ihr egal gewesen, wenn er abgedrückt hätte. Jetzt hatte sie Todesangst. Er ist unberechenbar, dachte sie. Gefährlich. Dann brach es aus ihm heraus. Dass er den Kick brauche. Dass er nie jemanden geliebt habe. Dass er es nicht vorhabe. Niemals. Dass sie nicht so naiv sein solle. Dass sie sich doch vorstellen könne, wo er sich aufhalte, wenn er weg sei. Dass sie gefälligst nicht so naiv sein solle. Dass sie nicht die einzige sei. Dass er den Kick brauche. Den könne er haben, sagte sie. Jetzt. Sofort. Er sagte, er müsse nachdenken. Ging in sein Zimmer. Die Pistole lag vor der Matratze. Sie wusste nicht, wie sie dahin gekommen war. Sie steckte die Pistole ein. Nach einer halben Stunde stand er in der Tür. Hielt ihr die Autoschlüssel hin.

Ein paar Meter von der Stelle entfernt, wo Lauer den Wagen abgestellt hatte, stand eine kleine Gruppe Männer bei den Zapfsäulen. Zwei Frauen standen mit einem Mann auf der anderen Seite und schauten zur Tankstelle. Lauer überquerte die Straße. Meißner löste sich aus der Gruppe.

„Schlimme Geschichte."

Der Assistent brachte den Kommissar auf den letzten Stand der Dinge.

„Dieses Mal waren sie zu zweit. Ansonsten die gleiche Masche. Pistole. Wollmütze. Der neue Pächter händigt widerstandslos das Geld aus. Hat die Tankstelle erst vor einigen Wochen übernommen. Toller Einstand. Alles geht rasend schnell. Kaum eine Minute später sind sie weg. Unmittelbar danach hört der Pächter vor der Tankstelle einen Schuss. Es dauert einige Minuten, bis er sich ins Freie traut. An der Zapfsäule findet er das Opfer. Männlich, Mitte 20, blondes lockiges Haar,

Nasenpiercing, Identität noch unbekannt. Tod durch Kopfschuss.“

Sie ließ das Kaff hinter sich, die halb heruntergelassenen Rollläden, die nach verkohltem Fleisch stinkenden Gärten. Sie fuhr ziellos in der Gegend herum. Sie fuhr nirgendwohin. Wie der Adler und das Wiesel in dem Buch, aus dem ihre Oma ihr früher vorgelesen hatte. Adler packt Wiesel. Wiesel beißt Adler. Gemeinsam fliegen sie nirgendwohin.

Standesgemäß

„Hier sind die Menschen friedlich. Im Sommer, da wird ab und zu mal eine Geldbörse am Strand geklaut. Oder ein Mofa verschwindet. Frag Mimmo, der kann ein Lied davon singen. Aber einige Tage später wird es mit leerem Tank an irgendeiner Ecke der Insel aufgefunden. Kann mich an kein größeres Verbrechen erinnern, geschweige denn an einen Mord. Einen Mord hat es hier auf der Insel noch nie gegeben."

Ich sitze unter dem riesigen Oleanderbusch, eher ein Baum, der Stamm mindestens einen halben Meter im Umfang. Ich starre auf die Mare-Giglio. Das Fährschiff hat die Menschen und die Autos ausgespuckt. Ein endloser Strom. Mein Espresso ist kalt. Ich habe ihn kaum angerührt. Vor mir liegt mein Geldbeutel, prall gefüllt, vierhundert Euro, gerade aus dem Automaten gezogen. In Giglio-Porto ist die Bank. Die nächsten Tage sind gesichert. Als ob noch irgendetwas sicher wäre!

Es ist drückend heiß, keine frische Brise weht vom Festland her. Ich fröstele, starre auf das leere Fährschiff. Der Oleander ist gelb. So einen sucht meine Mutter schon seit Jahren.

Ich kann nicht glauben, was ich vor wenigen Minuten gesehen habe. Ein Sportwagen, schnittig und schwarz, das Verdeck heruntergeklappt. Mit aufheulendem Motor und durchdrehenden Reifen schießt er über die Rampe. Mein flüchtiger Blick. Mein Kopfschütteln. Was für ein Angeber. Dann eine leichte Irritation. Der Fahrer kommt mir bekannt vor. Aber das kann nicht sein. Nicht hier, nicht auf der Insel. Ich stutze, die Automarke, die Farbe, das Nummernschild, nicht zu fassen. Nein, unmöglich. Dann erkenne ich ihn. Ohne Zweifel. Das dunkle, nach hinten gekämmte Haar, voll geschmiert mit Gel, der

Dreitagebart, das Grinsen. Was hat der hier zu suchen? Mir wird schwindlig. Drei Wochen Urlaub. Drei Wochen Giglio. Drei Wochen ganz nah dem Paradies. Weit weg vom Bluna-Laden. Von wegen! Der Bluna-Laden-Sohn, unser Nachbar, fährt auf dem Giglio vor, auf dieser winzigen Insel.

Das Donnern der Kisten bis tief in die Nacht, zweiundzwanzig Uhr längst vorbei, unsere Kinder können nicht schlafen, morgen ist Schule. Mein vorsichtiger Protest.

„Wissen Sie, wie spät es ist?"

„Mach, dass du weiterkommst."

Beginn eines aufreibenden Kleinkrieges. Und der Bluna-Laden-Sohn war die treibende Kraft.

Die Fähre wird schon wieder beladen. Um halb drei setzt sie über ans Festland, mit wenigen Fahrgästen. Ende Juli verläuft der Strom umgekehrt.

Hat er mir nicht zugewinkt, lässig die Hand gehoben, der spöttische Gesichtsausdruck, den Motor noch einen Tick aufheulen lassen, so, wie er in den engen Straßen zu Hause den Motor aufheulen lässt, wenn er an mir vorbeirast?

Ich lege zwei Euro auf den Tisch, stecke den Geldbeutel ein, klappe die Zeitung zusammen. Vor einer halben Stunde habe ich sie am Kiosk gekauft. Vor einer Ewigkeit.

„Zwei Liegen und ein Sonnenschirm."

Mimmo gibt routiniert die Anweisungen. Am Strand herrscht Hochbetrieb. Unsere Tochter ist wahrscheinlich im Meer untergetaucht. Ihre Kleider liegen im Sand. Unser halbwüchsiger Sohn steht unschlüssig in der Gegend herum. Meine Frau kennt Mimmo von früher. Nach einigen Jahren in Deutschland, Arbeit auf dem Bau, ist er zurück auf den Giglio, hat Liegestühle, Sonnenschirme, Tretboote angeschafft. Im Sommer stellt er uns seine Wohnung in Castello zur Verfügung. Castello, ein alter Ort oben auf der Bergspitze, umgeben von einer Stadtmauer, malerisch. Gino, einer von Mimmos Helfern, hat die Liegestühle aufgeschlagen und den Halter für den Sonnenschirm in den Sand gebohrt. Als erstes die Zeitung studieren? Ich entscheide mich für ausspannen, mache mich auf der Liege lang, schließe die Augen, lasse den Kopf so leer werden wie der strahlendblaue Himmel über mir, riskiere ab und zu einen Blick aus den Augenwinkeln nach rechts oder nach links. Die Anzahl der nackten Busen ist im Vergleich zum Vorjahr deutlich gestiegen. Die Augen schließen, entspannen, abschalten, an nichts denken.

„Siehst du unsere Tochter?"

Nicht reagieren.

„Sieh doch bitte mal nach!"

Sich schlafend stellen. Abschalten, entspannen. Noch einen Blick wagen, einen kurzen, schnellen, dann wieder gelangweilt auf die Liege zurückfallen. Ich erstarre. Der Dreitagebart, das Gel im Haar, das Grinsen. Keine zwanzig Meter entfernt. Und Mimmo persönlich klappt den Liegestuhl auf. Das macht er sonst nie. Ist unser Freund von allen guten Geistern verlassen? Der Bluna-Laden-Sohn am Strand von Campese, auf dem Giglio, der kleinen Insel vor der toskanischen Küste. Wir zusammen auf der Insel.

Schnee, Berge von Schnee, das Auto zugeschaufelt, erst nach langen, umständlichen Manövern zugänglich. Und warum das alles? Fünfundsiebzig Zentimeter, ich habe nachgemessen, parkt unser Auto vor dem Bluna-Laden-Grundstück.

Rieche ich nicht sein aufdringliches After Shave? Dabei ist das doch gar nicht möglich. Zu weit ist er von meinem Liegestuhl entfernt.

Eine abgebrochene Antenne, ein Kratzer in der

Beifahrertür bis aufs Blech, ein mit Sekundenkleber zugeschmiertes Fahrerschloss.

Er geht ans Wasser vor, verlangsamt seinen Schritt, fixiert ungeniert eine Riesenausgabe von Busen in der ersten Reihe, bleibt stehen, fährt sich durch das gegelte Haar, spurtet urplötzlich los und klatscht mit Getöse ins Wasser! Der Typ ist wirklich von sich überzeugt! Meint wohl, er würde irgendjemanden beeindrucken. Die Frau, für die er sich so ausgiebig interessiert hat, hat sich aufgerichtet und schaut ihm lange hinterher. Er hat doch tatsächlich jemanden beeindruckt. Auf was für Kerle die hier abfahren! Die Augen schließen, entspannen. Entspannen? Wie soll ich mich entspannen bei dieser Nachbarschaft? Tag für Tag der Bluna-Laden, der Krach, die Verkehrsbehinderungen, die alltäglichen Gehässigkeiten, die Beschimpfungen, Querulanten, Habenichtse, das Grinsen, das Tuscheln hinter vorgehaltenen Händen. Tag für Tag. Die Freude auf den Urlaub. Drei Wochen keinen Bluna-Laden. Drei lange Wochen. Giglio geteilt mit dem Bluna-Laden-Sohn.

Überall laufe ich ihm über den Weg. An jeder Ecke stoße ich mit ihm zusammen. Schlürfe ich in dem Café an der Piazza Gloriosa meinen Grappa, winkt er zwei Tische weiter dem Kellner. Löffle ich in Cipiones Bar an der Via Vittorio Emanuele den Rest aufgeschäumter Milch aus der Cappuccino-Tasse, steht er in der Tür. Selbst im Restaurant Santis, dem teuersten und besten der Insel, das wir uns nur einmal pro Urlaub leisten können, beschäftigt er sich mit einer schwarzhaarigen Schönen, während die Chefin uns den Tisch ganz hinten in der Ecke zuweist, direkt neben den Toiletten. Sein Grinsen spüre ich im Rücken. Die mit Fisch gefüllten Tortellini bleiben mir schier im Hals stecken. Als ich am Strand von Campese nach ihm Ausschau halte, als ein Funken Hoffnung in mir aufkeimt, weil ich ihn immer noch nicht entdeckt habe, stolpere ich über eine Liege. Ich brauche keinen Blick auf die Liege zu werfen, um zu wissen, wer sich da ausstreckt. Meine Hoffnung verflüchtigt sich im blauen Himmel.

Die letzten Tage waren die Hölle. Gut, ich gebe es zu, mit diesem Zahn habe ich immer mal Probleme. Der Schmerz erwischte mich in Cipiones Bar. Wir hatten in Mimmos Wohnung gekocht, Spaghettini mit einer köstlichen Mozzarellasoße, hatten einen Verdauungsspaziergang durch die Gassen Castellos gemacht, waren bei Cipione hängen geblieben. Der Schmerz kam wieder in Abständen von zehn Minuten. Pünktlich. Ich tigerte ruhelos durch die Wohnung, spülte den Mund mit warmem Kamillentee, presste ein gefrorenes Kühlelement auf die Backe, schluckte Schmerztabletten, ohne Erfolg. Später kam ich dahinter, dass eisgekühlter Weißwein aus der Zwei-Liter-Flasche den Schmerz zumindest kurzzeitig betäubte. Also schüttete ich den Wein in mich hinein, ließ ihn zwei, drei Runden im Mund kreisen und achtete darauf, dass der besagte Zahn gehörig umbrandet wurde. Es wirkte. Die Weintherapie blieb nicht ohne Folgen. Unmerklich verkürzten sich die Intervalle der Schmerzüberfälle. Auch musste ich bei längerer Anwendung die Dosis erhöhen. Kurz nach zweiundzwanzig Uhr schlief ich neben der leeren Zwei-Liter-Flasche ein und erwachte am Sonntagmorgen in aller Frühe mit einem Dauerschmerz, der nicht beschränkt auf den üblen Zahn blieb, sondern sich über den rechten Unter- und Oberkiefer ausgedehnt hatte und sogar ins Ohr ausstrahlte. Von den Kopfschmerzen ganz zu schweigen. Selbst am Strand von Campese fand ich keine Ablenkung. Den Bluna-Laden-Sohn konnte ich nicht entdecken. Seit diese Schmerzen mich peinigten, war er wie vom Erdboden verschluckt. Die Busenfrau hatte ihren Platz in der ersten Liegestuhlreihe eingenommen. Ihr Mann führte seinen neuen Fotoapparat vor.

„Extra mit Weitwinkelobjektiv", tönte er, „habe ich mir angeschafft, damit ich Annegrit ganz aufs Bild kriege."

Landsleute! Ich verließ fluchtartig den Strand, ohne mich von Mimmo zu verabschieden.

Am Montag war ich zermürbt, fühlte mich klein, konnte an nichts anderes mehr denken, war mit jeder Faser meines Körpers von diesem fürchterlichen Schmerz erfüllt. Den Kopf an den Schlafzimmerschrank zu schlagen, brachte für kurze Zeit Linderung. Heute Morgen bin ich aufgewacht, und der Spuk ist vorbei. Beim Bäcker stoße ich fast mit ihm zusammen. Er grinst mich an. Der Dreitagebart hat exakt die Länge eines Dreitagebartes. Jeden Tag. Er stinkt nach After Shave. Wenn ich ihm zu Hause mit dem Hund in den Feldern begegne, ist der Geruch schon alles andere als angenehm. Hier auf der kleinen Insel erscheint er mir noch viel penetranter, konzentrierter. Im engen Bäckerladen ist seine Ausdünstung unerträglich.

Samstag vor acht Tagen kam er an. Elf gemeinsame Inseltage. Wie er so vor mir steht, gestenreich das Brot bestellt, erscheinen mir die vergangenen Tage, so voll gepackt sie auch mit Schmerzen waren, in einem verklärten Licht. Drei Tage, in denen ich nicht an ihn gedacht habe.

Es ist Vollmond. Castello ist endlich zur Ruhe gekommen. Bis spät abends hat die Signora von gegenüber die Wäscheleine vor ihrem Fenster entlanggezerrt. Castello schläft endlich. Kurz nach Mitternacht reißt mich ein quietschendes Geräusch aus dem Schlaf. Ein Scheppern, ein aufheulender Motor, noch weit entfernt. Katzen springen zur Seite, ein Außenspiegel knallt gegen einen angelehnten Fensterladen. Ein Lastwagen donnert die

Via Vittorio Emanuele hinunter. Ein Lastwagen? Lichtfetzen huschen über alte Mauern. Ein Lastwagen, mitten in der Nacht. Aber Autos sind verboten innerhalb der Mauern in Castello. Und, so beruhige ich mich, technisch geht es ja gar nicht. Viel zu eng sind die Gassen. Und die vielen Stufen. Nicht einmal ein Cinquecento hätte Platz. Das Geräusch ist ganz nah, ich habe Angst, dass mir das Trommelfell platzt. Ich reiße die Fensterläden auf. Warum hört denn niemand diesen Lärm? Warum verkriecht sich dieses Volk unter den Bettdecken? Jetzt rumpelt der Lastwagen um die Ecke. Direkt unter unserem Fenster quietschen die Bremsen, Getränkekisten purzeln übereinander, Glas splittert. Die Tür am Führerhaus wird einen Spalt aufgedrückt. Der Fahrer schält sich mühsam heraus. Die engen Gassen! Er springt auf die Ladefläche, wippt leicht in den Knien, greift nach einer Kiste, schleudert sie in meine Richtung, packt sich die nächste und wirft und noch eine und noch eine. Von allen Seiten kommen Kisten auf mich zugeflogen. Ich reiße die Hände vors Gesicht. Schreie auf. Schweißgebadet wache ich auf.

Abscheulich stinkende Fischdärme, schon halb verfaulte Innereien, von der unbarmherzigen Sonne an die Windschutzscheibe geschweißt. Ich stehe fassungslos vor unserem Auto. Okay, es war nicht unbedingt vorschriftsmäßig geparkt. Keine Diskussion. Es ist fast unmöglich, abends um Castello herum einen Parkplatz zu finden. Viermal hatte ich gestern Abend die Runde schon um die Stadtmauer gedreht. Gerade als ich zur fünften Umkurvung ansetzen wollte, hin- und hergerissen zwischen unkontrolliertem Wutausbruch und tiefer Resignation, war der Uno losgefahren, eine Parklücke hatte sich aufgetan, ein Geschenk des Himmels. Ein bescheidenes, wie sich herausstellte. Für den Winzling war die Lücke ausreichend gewesen. So war es nicht zu vermeiden, dass ich den Zugang zum Stadttor ein wenig zuparkte. Natürlich könnten Inselbewohner mir einen Streich gespielt haben. Aber ich spüre es im Innern, diese Schweinerei trägt seine Handschrift. Da bin ich mir sicher. Mit spitzen Fingern versuche ich die Fischabfälle von der Windschutzscheibe, vom Dach, von der Motorhaube zu kratzen. Ein hoffnungsloses Unterfangen, wie ich bald erkennen muss, erschwert durch den immer unerträglicher werdenden Gestank.

Am Strand werde ich mir von Mimmo einen Eimer und einen alten Lappen leihen. Vielleicht hilft das Meerwasser. Als ich einsteige und den Motor starte, habe ich ein ungutes Gefühl. Erst als ich den Rückwärtsgang einlege und die Kupplung kommen lasse, begreife ich, was passiert ist. Die Reifen! Ich steige aus, beide Vorderreifen! Es reicht!

Ich sitze unter dem riesigen Oleanderbusch, vor mir ein dampfender Cappuccino, in der Tasche eine Fahrkarte für die Überfahrt nach Porto San Stefano. Meine Frau war sich nicht sicher, ob der Bluna-Laden-Sohn hinter der Reifen-Aktion stecke. Mit zitternden Händen nehme ich einen Schluck. Mein Geldbeutel ist wieder prall gefüllt. Hinten am letzten Tisch sitzt er. Ich spüre ein Kribbeln, wenn ich zu ihm hinschaue, eine Unruhe wie kurz vor der Bescherung. Er macht heute Morgen keinen sehr glücklichen Eindruck. Der Anschiss des Carabiniere ist ihm anscheinend auf den Magen geschlagen. Protzig fuhr er auf dem Hafenplatz vor, gerade als die Fähre einlief. Direkt neben der Bar wollte er seinen Sportflitzer abstellen. Mit verkniffenen Lippen hechtete er über die Fahrertür. Ein lächerlicher Abgang. Den Carabiniere ignorierte er einfach. Es dauerte eine ganze Zeit, bis er, merklich kleinlauter, zurückgekehrt war. Es ist nicht so einfach, in Giglio-Porto einen Parkplatz zu finden.

Mimmo lachte, als ich ihm gestern von den Fischabfällen auf der Windschutzscheibe erzählte. So seien hier eben die Leute. Ich musste ihn zur Seite bitten. Der Bluna-Laden-Sohn hatte sich unter Mimmos Schirm breit gemacht. Die zerschnittenen Reifen kamen Mimmo doch etwas übertrieben vor. Meinen Verdacht ließ er nicht gelten. Nein, solche Reifen bekäme ich auf der Insel nicht. Da müsse ich schon aufs Festland übersetzen. Beim Aufziehen könne er mir behilflich sein. Dann, vollkommen unvermittelt, fragte er mich, wie lange wir noch vorhätten zu bleiben. Er wolle uns nicht drängen, aber ein Freund von ihm suche dringend eine Unterkunft. Das brachte das Fass zum Überlaufen.

Ich trinke meinen Cappuccino aus. Ich muss mich beeilen. Die Fähre zum Festland legt gleich ab. Und so eine Gelegenheit kommt nicht noch einmal. Ein Getränkelaster vom Festland, der mit der Fähre um zehn angekommen ist, steht direkt hinter der Bar. Der Fahrer hat schon fast alle Kisten ausgeladen, hochgestapelt in mehreren Reihen, zu hoch, keine zwei Meter von seinem Tisch entfernt. Reichlich unvorsichtig, wie mir scheint. Es ist ganz einfach. Und es erscheint mir durchaus standesgemäß. Als ich aufstehe, ist das Kribbeln noch stärker geworden. Ich muss mich durch die Tischreihen zwängen und fühle mich dabei seltsam leicht, fast beschwingt. Eine Kleinigkeit. Alles wird auf einen Unfall hindeuten.

„Hier leben lauter friedliche Menschen. Ab und zu mal ein geklautes Mofa. Mit leerem Tank taucht es einige Tage später wieder auf. Ich kann mich an kein größeres Verbrechen erinnern."

Cipione gießt mir vom Giglio-Wein nach. Ein schwerer, brauner Wein, der viel Sonne abbekommen hat. Ich trinke das Glas in einem Zug leer. Die beiden Reifen habe ich in Porto San Stefano bekommen, war nicht einfach, und der Preis Halsabschneiderei. Ich verbuche sie leichten Herzens unter dem Posten unumgängliche Betriebsausgaben. Cipione schenkt nach. Er ist gesprächig heute.

„Eine schlimme Sache, die da heute Morgen in Porto passiert ist. Ich verstehe nicht, wie so was vorkommen kann. Ein bedauerlicher Unfall. Morgen soll seine Mutter ankommen, sie will sich um die Formalitäten kümmern, schrecklich."

Morgen? Morgen will mir Mimmo bei den Reifen helfen. Und übermorgen soll in Mimmos Cantina ein großes Fest steigen. Zur Feier des Tages genehmige ich mir einen Grappa. Der Urlaub hat angefangen.

Wenn Frösche schweigen

Er hörte ein Geräusch hinter sich. Er fuhr herum und seufzte erleichtert auf. Nur ein Frosch, der aus dem Teich auf einen Stein am Ufer gesprungen war. Der Frosch saß unbeweglich da und sah ihn mit seinen vorstehenden Augen an.

„Du kannst nicht reden“, murmelte der Mann vor sich hin. „Aber sicher ist sicher.“

Er warf seine Zigarette hinter sich, machte einen Schritt auf den Frosch zu, holte mit dem Bein aus und trat zu. Der Tritt beförderte den Frosch gegen das Becken des Springbrunnens. Seine Hinterbeine zuckten noch einmal, dann lag er bewegungslos da.

„Ab zu deinen Kameraden“, sagte der Mann und stieß den Frosch mit der Fußspitze ins Wasser. Das Tier plumpste zwischen die Teichrosen. Das Quaken von unzähligen Fröschen zerriss die Stille der Nacht. Brockmann hielt sich die Ohren zu und entfernte sich rasch vom Teich. Mich hatte er nicht bemerkt.

Unzählige, na ja, leicht übertrieben, aber zwei Dutzend Frösche tummeln sich schon im Teich. In meinem Leben habe ich mich selten in einem Menschen getauscht. Bei Brockmann lag ich vollkommen daneben. Als er vor einem halben Jahr im „Maria Segen“ anfing, hatten viele das Gefühl, ein neuer Umgangston halte Einzug. Eine bisher nicht gekannte Leichtigkeit.

Sterben gehört zum Leben, heißt es so schön. Bei uns muss dieser Satz abgeändert werden. Sterben ist das Leben. Alle ein, zwei Wochen stirbt jemand im „Maria Segen“. Als Frau Miller starb, wurde getuschelt. Ich hatte morgens noch mit ihr geredet. Sie war bettlägerig, hatte meist Schmerzen und jammerte viel. An diesem

Morgen war sie gut gelaunt. Es sei ein Segen, dass es Roger Brockmann gebe. Er sei ihr Engel. Damals interpretierte ich den Satz als Aussage einer verwirrten Frau. In der folgenden Nacht starb Frau Miller. Herzstillstand stand im Totenschein. Es folgte der Auftritt ihrer Tochter. Verschwundenes Geld. Gestohlener Schmuck. Alles im Zimmer aufbewahrt. Ich weiß noch, wie ich mich aufregte. Diese Person hatte sich nicht um ihre Mutter gekümmert, zwei Besuche im Jahr, jetzt diese Szene.

Ich weiß nicht, ob Sie eine Vorstellung haben, wie es in so einem Heim zugeht. Zwei Pfleger auf fünfundzwanzig, dreißig alte Menschen. Den Pflegern ausgeliefert. Alte, debile Menschen, am Bett festgebunden, wund gelegen. Sie finden, ich übertreibe? Leichen emotionslos im Gang abgestellt wie Gegenstände. Menschen, ihrer Würde beraubt. So sieht es aus. Hier im „Maria Segen". Und in jeder Stadt. Direkt vor Ihrer Haustür. Brockmann nahm sich Zeit, kümmerte sich, war freundlich. So gewann er das Vertrauen. Auch ich stand ihm anfangs wohlwollend gegenüber. Einsamkeit. Das Schlimmste, müssen Sie wissen, ist die Einsamkeit.

In jener Nacht, als die Frösche aufschrien, saß ich im Innenhof auf der Bank vor der Eberesche, zog wie ein Ertrinkender an der Zigarette, hielt den Rauch lange in der Lunge, oder besser in dem, was davon übrig ist. Ich weiß, ich sollte nicht rauchen. Vor achtzehn Jahren Lungenkrebs. Riskante Operation. Einen Großteil des rechten Lungenflügels entfernt. Langwierige Chemotherapie. Natürlich hörte ich damals mit dem Rauchen auf. Dafür sorgte schon meine Frau. Sie starb vor drei Jahren. Ich bin schon lange nicht mehr gut auf den Beinen. Ohne Gehhilfe läuft nichts. Arthrose im Hüftgelenk. Ab und zu eine Cortisonspritze, jeden Tag Tabletten. So lässt es sich ertragen. Meistens jedenfalls. Dann ließ ich die Herdplatte an, nein, nicht, was Sie denken, kein Zimmerbrand, nur ein wenig Ruß. Aber mein Sohn nahm diese Lappalie zum Anlass, mich in ein Heim zu stecken.

„Du bist nicht mehr in der Lage, deinen Alltag zu bewältigen!“, sagte er.

Dabei bin ich vollkommen klar im Kopf. Im „Maria Segen“ habe ich wieder zu rauchen angefangen. Manuel, mein Enkel, der mich jede Woche besucht, meint, das sei unvernünftig. Er hat Recht. Aber ich werde nächsten Monat 83. Meine Lebenserwartung sinkt durch das Rauchen. Richtig! Von 87 auf 85! Na und? Manuel versorgt mich mit Zigaretten. Und wenn ich sonst was brauche. Zum Beispiel Hanteln. Oder einen Expander.

Es ist verboten, strikt verboten, in den Räumen des Heims zu rauchen. Wir haben Schwestern mit unglaublichen Nasen. Die könnten glatt als Spürhunde eingesetzt werden. Wenn mich nachts ab und zu mein Hüftgelenk plagt, stehe ich auf, greife nach meinem Rollator und mache mich auf den Weg in den Innenhof. Der Platz am Froschteich ist mein Lieblingsplatz. Wenn Brockmann Nachtdienst hat, treffe ich ihn im Hof. Meist sieht er mich gar nicht, wenn er hastig an seiner Zigarette zieht. Aber wenn er mich wahrnimmt, nickt er mir zu. Als er nach dem Frosch trat, wurde mir schlagartig bewusst, dass ich Brockmann falsch eingeschätzt hatte. Er war kein guter Mensch.

Am Morgen, als nachts die Froschleiche im Teich gelandet war, fanden sie Frau Anger. Der achte Todesfall in gerade mal vier Wochen. Selbst für „Maria Segen“ eine zu hohe Zahl. Am nächsten Morgen tauchte ein Kommissar von der Kripo Mannheim im Heim auf, Lauer, glaube ich, hieß er. Vielleicht haben Sie schon von ihm gehört. Er befragte zusammen mit seinem Assistenten, dessen Namen ich mir nicht gemerkt habe, einen nach dem anderen. Die beiden wollten alles wissen über die Schwestern und die Pfleger. Ich lobte Brockmann, bescheinigte ihm ein hohes Maß an Einfühlsamkeit. Der Kommissar ordnete eine Obduktion an. Erhöhte Werte von Morphin, einem Schmerzmittel, das bei hoher Dosierung einen Atemstillstand verursachen kann, und Saroten, einem Antidepressivum zur Ruhigstellung, das bei falscher Anwendung zu Herzrhythmusstörungen führt. Beide Medikamente wurden Frau Anger regelmäßig verabreicht, so dass das Obduktionsergebnis nicht überraschte. Die Werte waren nicht so weit erhöht, dass man zweifelsfrei davon ausgehen konnte, die Medikamente hätten den Tod herbeigeführt. Die Ermittlungen verliefen im Sande. Unter der Hand wurde weiter getuschelt. Hartnäckig hielt sich das Gerücht, auch aus dem Zimmer von Frau Anger sei Geld verschwunden.

Ich hielt meine Augen und Ohren offen. Ich belauschte das Pflegepersonal. Das war gar nicht schwer. Ein Alter in der Ecke des Flurs fällt nicht auf, kein Grund, ein Gespräch zu unterbrechen. Einmal war von fehlenden Medikamenten die Rede. Dann ging das Gerücht um, ein Pfleger habe auf eigene Faust Medikamente nachbestellt. Bei keinem der Opfer gab es verdächtige, unerklärliche Einstichwunden. Manuel, der Medizin studiert, klärte mich auf.

„Kein Problem. Du spritzt die tödlichen Injektionen einfach über bereits gelegte Zugänge."

Sieben der acht Todesfälle, fand ich heraus, ereigneten sich nachts. In allen Fällen hatte Brockmann Nachtdienst gehabt. Er half den herbeigerufenen Ärzten bei der Wiederbelebung. Am nächsten Tag nahm er sich meist Zeit, um mit den trauernden Angehörigen ein tröstendes

Gespräch zu führen. Niemand schöpfte Verdacht. Das Sterben gehört in einem Pflegeheim zum Alltag.

„Brockmann ist mein Engel."

Hatte Frau Miller gesagt. Ein Todesengel ist einer, der andere Menschen in den Tod schickt. Der es ihnen leichter macht zu gehen. Der sie von ihrem Leiden befreit. Der ihnen Erlösung bringt. Ein Todesengel ist einer, der durch die Flure schwebt, an die Türen klopft. Aber ein Engel zertritt keinen hilflosen Frosch!

Ich stemmte die Hanteln. Ich bearbeitete den Expander. Bis zur Erschöpfung. Ich legte weite Strecken mit dem Rollator zurück, für meine Verhältnisse weit, Sie wissen, was ich meine. Das Rauchen schränkte ich notgedrungen ein. Meine Ausdauer nahm zu, meine Armmuskeln wurden kräftiger. Manuel machte sich über mich lustig. Wenn ich so weitermache, könne ich beim Marathon mitlaufen. Nach vier Wochen fühlte ich mich ausreichend trainiert.

Jetzt kam der schwierigste Teil. Wie konnte ich Brockmann auf mich aufmerksam machen? Wir hatten bisher erst einige Sätze gewechselt. Brockmann hielt sich an die älteren Damen, von denen er annahm, sie seien betucht. Ich musste den Pfleger ködern. Aber wie? Manuel brachte mich unbewusst auf eine Idee. Wenn mein Enkel kommt, stecke ich ihm ab und zu einige Euro zu. Er wehrt sich immer. Ich weiß aber, dass er sich über das Geld freut und es auch gebrauchen kann. Sein Vater, mein lieber Herr Sohn, ist nicht sehr großzügig. Brockmann musste glauben, dass ich Geld im Zimmer bunkerte. Ab sofort gab ich Manuel das Geld nicht mehr in meinem Zimmer, sondern in aller Öffentlichkeit, mal im Aufenthaltsraum, dann im Hof oder im Garten beim Teich. Nach einigen Versuchen wurde Brockmann endlich auf mich aufmerksam. Eines Nachts setzte er sich neben mich auf die Bank am Froschteich und bot mir eine Zigarette an. Ich bat ihn um seinen Rat.

„Mein Enkel hat nächsten Monat Geburtstag. Ich möchte ihm ein Auto schenken."

„Was wollen Sie denn ausgeben?", fragte Brockmann zurück.

„Kommt auf das Auto an."

„Und die Bezahlung?"

„Bar, natürlich!", sagte ich.

In den folgenden Tagen richtete Brockmann es ein, dass immer er mir das Essen brachte. Er unterbreitete mir einige Vorschläge. Dabei versuchte er mich dezent über meine Besitzverhältnisse auszufragen. Meine vagen Antworten schienen ihn nur noch anzustacheln. Eingestreute Bemerkungen, dass die Banken heutzutage nichts mehr taugten und das Geld zu Hause am sichersten aufgehoben sei, taten ein Übriges.

Es ist Vollmond. Ich habe mich so postiert, dass Brockmann, wenn er vor mir steht, sich mit dem Rücken zum Teich befindet. Ich halte mich mit der Rechten am Rollator fest, damit ich nachher nicht das Gleichgewicht verliere. In meiner Linken, ich bin Linkshänder, befindet sich mein Gehstock, den mir Manuel besorgt hat. Ein Prachtexemplar mit einem massiven Messingknauf. Ein Kieselstein beult meine Hosentasche aus. Ich stehe noch nicht lange da, als er aus der Eingangstür tritt. Am Rosenbeet gabelt er einen vergessenen Rollstuhl auf. Den Rollstuhl vor sich herschiebend, kommt er auf mich zu.

„Alles Roger oder was?"

Sein Standardspruch. Auf eine Antwort wartet er nicht. Er deutet auf den Rollstuhl.

„Damit geht es doch bequemer. Ich bringe Sie hoch."

Bilde ich es mir ein oder klingt seine Stimme auf einmal

gar nicht mehr so verbindlich und freundlich. Er steht vor mir. Mit dem Rücken zum Teich. Für einen Moment lasse ich den Rollator los, greife nach dem Stein und werfe ihn in den Teich. Das Quaken der Frösche zerreißt die Stille der Nacht. Brockmann fährt herum. Ich hole mit dem Gehstock weit aus.

Tausendmal habe ich mir diese Szene ausgemalt, habe sie sogar geträumt. Im Traum kratzte sich Brockmann nach dem Schlag am Hinterkopf, drehte sich um, schüttelte leicht benommen den Kopf.

„Aber, aber, Alter!"

Und griff in seine Jacke. Bevor er die Spritze aus der Jacke ziehen konnte, erwachte ich jedes Mal aus meinem Traum.

Ich lege alle Kraft in den Schlag. Ich weiß, ich habe nur diesen einen Versuch. Das Geräusch beim Auftreffen des Messings auf der Schädeldecke wird mich bis ins Grab verfolgen. Brockmann sackt lautlos zur Seite und fällt genau in den Rollstuhl. Ich finde das äußerst zuvorkommend. Vielleicht ist er doch nicht so ein schlechter Mensch. Was habe ich mir Gedanken gemacht, wie ich den stämmigen Pfleger zum Teich zerren könnte! Ich schiebe den Rollstuhl zum Teich vor, stelle die Bremse fest, kippe Brockmann aus, setze mich an den Rand des Teiches und drücke ihn mit dem Gehstock unter Wasser. Als keine Luftblasen mehr zu sehen sind, zünde ich mir eine Zigarette an. Die habe ich mir verdient. Übrigens, ich kann es gar nicht glauben. Die Frösche im Teich sind still. Mucksmäuschenstill. Die ganze Zeit schon.

Ich und Mark. Wir beide.

Als wir mit dem Renovieren fast fertig waren, ging ich nach draußen und hielt nach dem BMW Ausschau. Nagelneu, schwarz, Frankfurter Kennzeichen. Steht um die Ecke, hatte mir Mark gesagt. Ich fand den Wagen sofort. Er war nicht zu übersehen. Auf dem Boden des Beifahrersitzes lagen mehrere zerknüllte Papiertüten. Mark hat es nicht so mit Ordnung, das war mir schon aufgefallen. In der Ablage vor dem Schaltknüppel entdeckte ich eine Packung Bonbons mit Waldmeistergeschmack und auf dem Beifahrersitz lag eine Dose Puder.

Wir hatten das ganze Wochenende geschuftet. Das Zimmer, in das Mark einziehen sollte, war so gut wie renoviert. Bonbons mit Waldmeistergeschmack... Mark doch nicht! Nur noch die Fußbodenleiste anbringen, dann die Werkzeuge reinigen, das Durcheinander beseitigen. Ich hatte in der Tokio Sushi Bar in den Quadraten eine Bestellung aufgegeben. Mark hatte mir mit den Worten „Aber gut aufpassen!“ den Schlüssel seines nagelneuen Autos in die Hand gedrückt.

„Welche Ehre“, sagte ich und strich ihm durch die Haare. Wir kennen uns seit zwei Monaten, haben uns im Connexion kennen gelernt. Mark ist einunddreißig, wohnt in Frankfurt, arbeitet in Darmstadt in einer Werbeagentur. Jetzt zieht er bei mir ein. Zugegeben, alles ging ein wenig schnell. Von Mannheim aus ist es nicht viel weiter nach Darmstadt als von Frankfurt. Ich habe in der Schwetzingerstadt eine Vier-Zimmer-Wohnung, Altbau, riesige Zimmer, stuckverzierte Decken. Ich war glücklich. Rundum glücklich. Waldmeisterbonbons! Mark macht sich nichts aus Waldmeister. Bei meinem Vorschlag, eine Waldmeisterbowle anzusetzen, hatte Mark entsetzt das Gesicht verzogen. Der Motor schnurrte leise vor sich in.

Ich trat auf das Gas und ließ ihn sanft aufjaulen. Dann legte ich den ersten Gang ein. Puderdose? Was um alles in der Welt hat eine Puderdose in Marks Auto zu suchen? Mark benutzt keinen Puder. Das weiß ich. So gut kenne ich ihn. Ich kuppelte wieder aus. Und von mir stammt die verflixte Dose ganz bestimmt nicht. Ich bin zwar schon über fünfzig, aber nicht senil. Ich angelte mein Handy aus der Tasche und wählte meine eigene Festnetznummer. Besetzt. Was musste er jetzt telefonieren? Er hatte doch Arbeit genug! Ich rief Mark auf seinem Handy an. Mailbox. Eine Erfahrung, die ich in den nächsten Wochen noch öfter machen sollte. Das Glücksgefühl von vorhin hatte sich aus dem Staub gemacht.

Die ersten Wochen unseres gemeinsamen Lebens waren für mich ernüchternd. Mark hatte seine Wohnung in Frankfurt immer noch nicht gekündigt. Wenn ich darüber reden wollte, blockte er ab. Er kam oft erst spät in der Nacht nach Hause. Oder er übernachtete in Frankfurt, weil das angeblich praktischer war und er zufälligerweise am Nachmittag dort einen Termin gehabt hatte. An den Wochenenden besuchte er auffallend oft seine Eltern, die im Taunus wohnen. Früher schien mir der Kontakt eher locker. Ihn auf die Bonbons und die Puderdose anzusprechen, war mir unangenehm. Sicher, es gab auch schöne Momente, wenn wir abends bei einem Glas Wein zusammensaßen und redeten. Aber diese Momente des Glücks waren selten. Unser gemeinsames Leben! Ich hatte es mir anders vorgestellt.

Vielleicht war die Idee doch nicht so gut. Aber jetzt weiß ich wenigstens, woran ich bin. Gestern fuhr ich am Vormittag nach Darmstadt, parkte ganz in der Nähe der Agentur und wartete. Um halb zwei erschien Mark. Er war nicht allein. Eine blonde Frau in einem beigen

Kostüm hatte sich bei ihm eingehängt. Ich zog den Hut tief ins Gesicht, setzte die Sonnenbrille auf, schlug den Mantelkragen hoch und folgte ihnen. Das Restaurant, das sie betraten, war keine fünf Minuten von der Agentur entfernt. Sie setzten sich an einen Zweiertisch direkt am Fenster. Ich ging vorbei, drehte um und schlenderte noch zweimal an den beiden vorbei. Was ich dabei sah, reichte mir. Die Frau hatte Marks linke Hand in Beschlag genommen. Die Köpfe waren weit über den Tisch gebeugt und berührten sich fast. Ich hätte noch hundert Mal an ihnen vorbeiflanieren können, sie hätten mich nicht bemerkt, hätten mich keines Blickes gewürdigt, so vertieft waren sie in ihr Gespräch.

Annette Berger, 31 Jahre, 1,75 Meter, um die 60 Kilo, blonde, kurze Haare, schlanke Figur, Vorliebe für elegant geschnittene Kostüme, Grafikstudium in Karlsruhe und München, diverse Praktika, auch im Ausland, seit Mai 2005 in der Agentur Merseburger & Klaus tätig, wohnhaft in Frankfurt, in der Kiesstraße 12, dritter Stock. Die zu observierende Person verbringt jede Mittagspause mit dem männlichen Observierungsobjekt, siehe Fotos. Am 13.10. und am 19.10. verließen beide gegen 18 Uhr gemeinsam die Agentur und gingen zu Fuß Richtung Innenstadt. Um genauere Erkenntnisse zu erhalten, sind weitere Untersuchungen mit personeller Unterstützung nötig.

Mark war gerade mal 1,69 Meter. Er und die blonde Tussi, die fast einen halben Kopf größer war. Was für ein Bild! Ich rief bei dem Privatdetektiv an und teilte ihm mit, dass ich keine weiteren Nachforschungen wünschte. Ich wusste genug. Er versprach, mir die Rechnung zu schicken. Was ging nur in Mark vor? Ich verstand es nicht. Ich hatte gedacht, unsere Beziehung sei eine harmonische, eine auf Zuneigung beruhende. Ich liebte Mark. Ich hatte gedacht, Mark würde das Gleiche für mich empfinden. Mark führte ein Doppelleben. Mark betrog mich! Noch dazu mit einer Frau! Mark hatte mir gesagt, dass er die Frankfurter Wohnung zum Jahresende gekündigt habe. Das beruhigte mich einige Tage. Aber am nächsten Wochenende besuchte er schon wieder seine Eltern.

„Vater geht es schlecht", sagte er, als ich ihn auf die Besuche ansprach. Und ich erinnerte ihn daran, das Auto umzumelden.

„Ich weiß, die F-CK-Nummer, die kommt in Mannheim bei den Waldhof-Fans nicht gut."

Ich sah Mark verständnislos an. Er wusste doch, dass ich mir nichts aus Fußball machte. Ich weiß nur, dass ich Mark nicht verlieren will. Das könnte ich nicht ertragen.

Mark hat gerade angerufen. Der letzte Abend war wie ein Traum. Mark hatte gekocht. Vier-Gang-Menü bei Kerzenschein. Wir waren uns so nah wie nie zuvor. Und jetzt dieser Anruf! Es tue ihm schrecklich leid. Auf das Konzert heute Abend könne er nicht mitkommen. Ein Geschäftsessen. Ganz überraschend. Für seine weitere Karriere bei Merseburger & Klaus richtungsweisend. Ja, in Frankfurt. Ich solle nicht auf ihn warten. Es werde spät. Es lohne sich nicht, nach Mannheim zu kommen. Zumal er morgen früh ja zu seinen Eltern fahren wolle. Der Zustand des Vaters. Bis Sonntagabend dann. Ja, er vermisse mich auch. Ich war wie gelähmt. Ich weiß nicht, wie lange ich im Sessel saß, unfähig, auch nur einen klaren Gedanken zu fassen. Dann suchte ich die Karten zu dem Konzert und zerriss sie in kleine Stücke.

„Wayne Shorter", hatte Mark gesagt, „Wahnsinn!"

Bis zu dieser Sympathiebekundung hatte ich nicht gewusst, dass Mark den Jazz-Saxophonisten überhaupt kannte. Was hatte er sich auf den Abend gefreut! Klar, ich freute mich mit, obwohl ich kein Jazz-Fan bin, lieber eine Verdi-Oper. Und jetzt, wenige Stunden vor dem Konzert, Marks Absage. Ich liebe Mark. Ich will ihn nicht verlieren. Auf keinen Fall.

krank melden nachmittags aufstehen nicht duschen nicht rasieren in den spiegel schauen monster sehen und mark nichts wahrnehmen mark in anderen sphären schweben und mark teilhaberschaft anbieten merseburger klaus & gramlicher mark verpflichtungen mark termine mark träume ich allein ich angst mark schweigen schweigen das zimmer füllen schweigen in jede ritze kriechen schweigen mir entgegen schreien du penner stinkender alter penner du ich und mark wir beide

Ich trage meinen besten Anzug, den hellgrauen. Den mit den dezenten Streifen. Dazu ein schwarzes T-Shirt. Ich war beim Friseur, bin frisch rasiert. Und mein Parfum riecht umwerfend. Es war ein Kinderspiel, an die Pistole zu kommen. Zwei Anrufe, ein Treffen im Jungbusch, 750 Euro auf die Hand. Beretta 92 FS Kaliber 9 mm, ein gefülltes Ersatzmagazin gratis. Ich klingle in der Kiesstraße. Der Türsummer ertönt, ohne dass eine Stimme sich meldet. Ich ignoriere den Fahrstuhl und gehe zu Fuß in den dritten Stock. Drei Wohnungen, bei der mittleren steht die Tür offen. Die Dame erwartet Besuch. Erwartet sie Mark? Eine Überraschung wartet auf sie. Ich klopfe an.

„Komm rein. Du kennst doch den Weg."

Ich gehe durch den engen Flur, folge dem gedämpften Licht, betrete das Wohnzimmer. Sie sieht mich, springt vom Sofa auf, geht mir entgegen. Bleibt stehen.

„Wer sind Sie? Was wollen Sie hier?"

Wie sie drei Meter von mir entfernt dasteht, etwas verunsichert, aber selbstbewusst, kann ich fast verstehen, dass Mark ihr auf den Leim gegangen ist. Ich ziehe die Beretta aus der Tasche und ziele ihr mitten auf die Stirn. An ihren Augen sehe ich, dass ihr Interesse an der Beantwortung ihrer Fragen jetzt gegen null tendiert. Mit den Worten „Ich und Mark. Wir beide." drücke ich ab. Schon beim Bund war ich ein miserabler Schütze. Ich ziele auf die Stirn. Der erste Schuss streift ihr linkes Ohr. Der zweite Schuss zerreißt ihr die rechte Wange. Und der dritte trifft ihre blütenweißen Schneidezähne, die in die Mundhöhle katapultiert werden. Was für ein Anblick! Und erst das Geräusch! Ich ziehe ein weiteres Mal den Abzug durch, doch die vierte Patrone blockiert. Annette Berger liegt inzwischen auf dem Boden. Regungslos. Und ihr schönes Gesicht ist gar nicht mehr schön. Die lässt Mark in Zukunft in Ruhe. Ich und Mark! Wir beide!

Als ich mich in meiner Wohnung im Flur im Spiegel sehe und der geschniegelte Typ mir entgegenblickt, weiß ich, dass meine Verwandlung zum Monster abgeschlossen ist. Eben gerade kommt Mark aus der Küche, zwei Cocktails in der Hand.

„Da bist du ja, Schatz", sagt er und küsst mich auf die Wange. „Und wie du duftest! Das neue Parfum?"

Ich nicke mechanisch und folge ihm ins Wohnzimmer. Auf dem Zweisitzer sitzt eine junge Frau, kaum 1,60 Meter groß, braune Haare, Jeans, Pullover.

„Darf ich dir Maria vorstellen, meine Schwester. Ich habe dir doch von ihr erzählt."

Mechanisch strecke ich ihr die Hand entgegen. Und sehe die Packung Bonbons auf dem Tisch. Waldmeistergeschmack.

Moselblick

Er versteckte sich hinter einem Rebenstock und glaubte, sie habe ihn nicht bemerkt. Er beobachtete sie eine Zeitlang weiter. Mit ihrem Fuß stapfte sie wütend auf den Boden. In ihren Augen meinte er ein Flackern zu entdecken, ein Flackern, das ihn frösteln ließ. Sie hatte ihren typischen Blick. Wenn sie diesen Blick hatte, war mit ihr nicht zu spaßen. Das wusste er noch von früher. Bestimmt sah sie wieder weiße Segelboote lautlos über den Nil gleiten.

Er konnte sich nicht losreißen vom Anblick dieser Frau, die er so lange nicht gesehen hatte.

„Das wird ihm das Genick brechen!"

Sie murmelte es scheinbar beiläufig. Ohne sich nach ihm umzudrehen, sagte sie: „Hast du einen Mordanschlag auf mich vor? Ideal wäre es hier."

Wie lange hatte er ihre Stimme nicht gehört? Als er neben ihr auf der Bank saß, vor sich den Abhang des Warmenbergs, unter sich die Mosel, die in einer engen 180-Grad-Schleife vorbeifloss, war er überwältigt, wie immer, wenn er hier saß.

„Siehst du immer noch den Nil vor dir? Und die Schaumkronen sind weiße Segelboote?"

Sie nickte.

„Wie in alten Zeiten."

„Die gibt es nicht mehr, Sabine. Warum hast du den Bremm geheiratet? Der ist 20 Jahre älter als du."

„Der größte Winzer weit und breit. Mehr als 50 000 Rebstöcke."

„Da kann ich nicht mithalten."

Er wollte aufstehen, sie nahm seine Hand, hielt sie fest.

„Ich habe einen Plan, Ulrich. Dazu brauche ich dich."

Kriminalhauptkommissar Lauer streckte sich. Er schaute auf die Uhr. Kurz nach acht. Seit er Polten kannte, und das waren schon etliche Jahre, verbrachte er seinen Pfingsturlaub hier. Mosel, alles schön lieblich, malerisch und irgendwie bedeutungslos. Hatte Lauer gedacht. Jetzt wusste er, dass es so nicht war. Plötzlich mutiert der sanfte Rebhang zu einer Steilwand, die sich der engsten aller Moselschleifen entgegenstellt. Der Warmenberg, der steilste Weinberg Europas, 65 Grad Steigung. Harmloses wechselt ins Dramatische, Vertrautes ins Extreme. Das Winzerdorf Polten, eingeklemmt zwischen Mosel und Schieferwand. Unvorstellbar, dass ein Mensch in diesen Hängen arbeiten kann, dachte Lauer jedes Mal, wenn er an dem Weinberg emporsah. Aber der Riesling, der hier auf dem Schieferboden wuchs, war unvergleichlich.

„Mineralisch, staubig, salzig", sagte der Winzer Fritzen. Lauer hatte lange gebraucht, bis er den Schiefer wirklich geschmeckt hatte, weit hinten im Gaumen. Fritzens Wein war nicht billig, aber Qualität hat seinen Preis, sagte sich Lauer. Und das Leben ist zu kurz, um schlechten Wein zu trinken. Anfangs war er in einer Pension mit Moselblick direkt am Ufer abgestiegen. Der Blick fantastisch, in der Tat, aber der Verkehrslärm von der überdimensionierten Bundesstraße unerträglich, besonders an Wochenenden, wenn Rudel von Motorradfahrern in die Moselregion einfielen. Am Montag berichtete der „Trierer Volksfreund" dann von den diversen Motorradunfällen, den Toten und Schwerverletzten des Wochenendes. Im nächsten Jahr hatte Lauer sich abseits einquartiert in einer ruhigen Ferienwohnung. Seitdem kam er jedes Jahr hierher zurück.

Lauer zog den Rollladen hoch und musste die Augen zusammenkneifen. Sonne! Die Pfingstfeiertage waren kühl und verregnet gewesen. Er öffnete die Tür zum Garten und trat hinaus. Es war noch frisch, aber er beschloss, draußen zu frühstücken. Er stellte die Kaffeemaschine an und machte sich auf den Weg zum Bäcker. Er stellte sich an. Die Leute tuschelten. Der Name Bremm fiel. Bremm, der reichste Winzer im Ort, Massenproduzent mit zweifelhaftem Ruf.

„Was ist denn mit dem Bremm?“, fragte Lauer, als er drankam.

„Dem soll was passiert sein. Genaues weiß man nicht.“

Die Bedienung war kurz angebunden. Am Samstag, als er angekommen war und sich für die Feiertage mit Brötchen und Brot eingedeckt hatte, hatte sie ihn freudig begrüßt.

„Der Herr Kommissar aus Mannheim, schön, dass Sie uns mal wieder besuchen.“

Sie hatten über das Wetter geklagt. Lauer hatte den Wein vom Fritzen gelobt. Die Verkäuferin hatte sichtlich reserviert reagiert, als der Name Fritzen gefallen war.

„Noch etwas? Danke. 6,30 Euro. Der Nächste, bitte!“

Da stimmt was nicht, hatte Lauer gedacht.

Als er jetzt am Dienstagmorgen in seine Wohnung zurückkam, erwartete ihn seine Vermieterin.

„Haben Sie gehört? Der Bremm ist tot. Vor einer Stunde im Warmenberg gefunden. Genickbruch. Anscheinend ein tragischer Unfall.“

Früher war Ulrich oft mit Sabine im Warmenberg gewesen. Und Sabine hatte unter sich den Nil gesehen. Er hatte mitgespielt, obwohl er das Spiel nicht verstand, noch weniger, nachdem er im Fernsehen einen Film über den großen Strom gesehen hatte. Ein breiter, träger Fluss, der, je näher er der Mündung kommt, mehr und mehr ausufert. Was für ein Gegensatz zur schmalen, feinen Mosel, die sich mit vielen Schleifen durch die Landschaft zwängt. Sie waren ein Paar gewesen, Sabine und er. Alle im Dorf dachten, sie würden heiraten. Sein Vater hatte einige Weinberge, kleine Parzellen, gute Lagen, nicht viel, aber zum Leben reichte es. Vor vier Jahren hatte er Polten verlassen, wollte bei großen Weingütern im Bordeaux und im Piemont lernen. Nahm sich vor, einmal den besten Riesling vom Warmenberg herzustellen. Der Abschied von Sabine war ihm schwer gefallen. Zuerst hatte er viel mit Sabine telefoniert, hatte ihr geschrieben. Ihre Antworten waren nur sporadisch gekommen. Seine Mutter hatte ihm geschrieben, es gehe das Gerücht um, sie habe einen neuen Freund aus Cochem. Ulrichs Kontakt zu Sabine war loser geworden, schließlich ganz abgebrochen. Seine Mutter hatte ihm von Sabines Verlobung berichtet. Jetzt war er zurückgekehrt und wollte das Weingut seines Vaters übernehmen. Er erfuhr, dass Sabine geheiratet hatte. Seine Mutter hatte es ihm verschwiegen. Nicht ihren Verlobten aus Cochem. Die Beziehung war anscheinend schnell in die Brüche gegangen. Nein, den Bremm, den reichsten Winzer am Ort. Der war jetzt tot. Und er, Ulrich, war verwickelt. Sabine hatte ihn in ihren Plan eingeweiht. In seiner Naivität und Euphorie hatte er nicht über die Folgen nachgedacht. Aber die letzten Konsequenzen hatte Sabine nicht offen gelegt. Sie hatte ihm das Gefühl vermittelt, ihrem Mann solle ein tüchtiger Schrecken eingejagt werden. Dass er dabei ums Leben kommen könnte, daran hatte Ulrich keinen Gedanken verschwendet. Vielleicht war er viel zu naiv an alles herangegangen. Jetzt fühlte er sich schuldig, hatte Angst. Aber er hatte Sabine zurückgewonnen. Glaubte er.

Lauer schmeckten die Brötchen nicht und der Kaffee kam ihm schal vor. Auf die Zeitung konnte er sich auch nicht konzentrieren. Sein Treffen mit Fabian letzte Woche fiel ihm ein. Sein Sohn, fast 28, bedankte sich über die zusätzliche Unterstützung zur Reparatur seines Wagens, immerhin 250 Euro. Als es um sein Studium ging, Lauer wollte wissen, wann er denn endlich die erste Dienstprüfung ablegte, wand sich Fabian, blockte ab, machte am Ende ganz dicht. Auch Lauers Warnung vor den Studiengebühren, die im Wintersemester eingeführt wurden, immerhin waren 500 Euro geplant, konnten Fabian nicht zu einer Stellungnahme oder einer Absichtserklärung bringen. Sie waren im Streit auseinander gegangen. Lauer schob die Gedanken an seinen Sohn beiseite.

Die spinnen, die Moselaner, hatte Lauer gedacht, als Fritzen zum ersten Mal den Motor der Zahnradbahn, die sich auf einer Schiene den Berg hochschlängelte, angeworfen hatte.

„Ohne die Monorackbahn, Schweizer Patent, läuft hier gar nichts mehr. Damit können wir Geräte, Material, ja sogar Personen transportieren“, hatte Fritzen erklärt. Die winzige Ladefläche wackelte. Fritzen gab Gas. Der verzinkte Schienenstrang begann zu singen und zu scheppern. Die Bahn fuhr los. Es roch nach verbranntem Benzin. Sekunden später neigte sich das Gefährt fast um 90 Grad über einem Abgrund. Lauer wurde schon vom Zuschauen schwindlig. Die Schienen der Bahn waren mit vielen Verstrebungen im Berg verankert. Eine Heidenarbeit, schließlich mussten die Stützstäbe in den harten, steinigen Untergrund getrieben werden. Meist schlich die Monorackbahn in geringem Abstand am Hang entlang. Doch wenn ein Felsüberhang zu überwinden war, kam es schon einmal vor, dass die Schiene in fünf, sechs Metern Höhe verlief. An so einer Stelle war Bremm abgestürzt. Nicht ausgeschlossen, gab Lauer zu, aber für einen erfahrenen Winzer eher unwahrscheinlich. Lauer hatte eigentlich heute vorgehabt, nach Trier zu fahren. Die vielen Sehenswürdigkeiten waren in seinen zahlreichen Besuchen alle abgeklappert worden. Nur für das Geburtshaus von Karl Marx war nie Zeit gewesen. In diesem Urlaub hatte er sich fest vorgenommen, das Marx-Museum zu besichtigen. Aber der Alte mit dem langen Bart musste sich weiterhin gedulden. Lauer beschloss, seine Pläne zu ändern. Heute kein Ausflug nach Trier. Dafür Besuch bei Fritzen.

Sicher, sie war verliebt gewesen, aber mehr nicht. Als Ulrich aus Polten weggegangen war, hatte sie ziemlich schnell das Interesse verloren, zumal nicht viel zu holen war bei ihm. Die Weinberge seines Vaters waren winzig. Anfangs hatten die häufigen Anrufe ihr geschmeichelt, später war sie nur noch genervt gewesen. Und Briefe schreiben? Nicht mit ihr. Es gab in Polten und Umgebung genug interessante junge Männer. Klar, die Verlobung mit dem Typen aus Cochem war etwas vorschnell gewesen, aber sie hatte sie auch schnell wieder gelöst. Danach hatte sie sich auf keine feste Beziehung mehr eingelassen und festgestellt, dass auch solche Erfahrungen ein gewisses Prickeln hervorrufen konnten. Bremm hatte sie gleich beim zweiten Ausgehen gefragt, ob sie ihn heiraten wolle. Sie hatte sich Bedenkzeit erbeten. Am nächsten Tag, es war ein Sonntag, klingelte es nach dem Mittagessen. Bremm stand vor der Tür. Ein Strauß Blumen für die Frau Mutter. Bremm hielt förmlich um Sabines Hand an.

„Das entscheidet einzig und allein unsere Tochter", hatte ihr Vater geantwortet.

Sabine hatte nicht lange nachgedacht. Bremm war zwar zwanzig Jahre älter als sie, aber mit ihm war Staat zu machen. Dass er sie schon kurz nach der Heirat mit einer Saisonarbeiterin aus Polen betrogen hatte, nahm sie ihm wirklich übel. Dann kehrte Ulrich zurück.

Geschlossen. Das Schild überraschte Lauer. Er klingelte. Einmal. Zweimal. Er ging um das Haus, betrat den Hof. Durch die Hintertür sah er die alte Frau Fritzen. Er klopfte. Sie hatte verweinte Augen.

„Gerade haben sie Reinhold abgeholt. Sie sagen, er hätte Bremm umgebracht. Mein Sohn ist kein Mörder, Herr Kommissar."

Lauer versuchte, die Frau zu beruhigen. Als sie sich gefangen hatte, forderte er sie auf zu erzählen. Der Reihe nach. Ganz von Anfang an.

„Im Februar tauchte ein Reporter auf. Er wollte über meinen Sohn schreiben, über den Warmenberg, über die Bemühungen, dort alte Reben zu rekultivieren, neue anzupflanzen. Einige Aussagen in dem Artikel waren unglücklich. ‚Süß und billig, das ist der Ruf der Moselwinzer', wurde mein Sohn Reinhold zitiert. Und: ‚80 Prozent des Moselzuckerwassers muss verschwinden.' Wenn Reinhold das so gesagt hat, ist das natürlich ungeschickt. Aber Sie wissen ja, was die Presse daraus macht. Reinholds Aussagen stießen vielen bitter auf. In Polten führte das zu einem regelrechten Aufruhr. Im April gab es eine Protestversammlung mit 400 Leuten. Vor drei Wochen fand dann die Talkshow im Fernsehen statt. Reinhold war der Buhmann, der Querulant, der Nestbeschmutzer. Sie können sich nicht vorstellen, was hier los war, was wir alles durchgemacht haben: anonyme Beschimpfungen, sogar Morddrohungen im Briefkasten. Eine Hexenjagd. Bremm verstieg sich zu der Behauptung, bei ihm sei der Umsatz eingebrochen. Er bemühte seinen Rechtsanwalt, forderte Schadensersatz. Und heute Morgen nun ist mein Sohn verhaftet worden. Bremms Tod sei kein Unfall gewesen. Ein Unbekannter habe die Monorackbahn manipuliert, eine Stütze angesägt. Reinhold hat kaum ein Wort herausgebracht. Unglücklicherweise ist er am Abend vorher in der Nähe von Bremms Weinberg gesehen worden. Dabei hatte Reinhold mir noch gesagt, dass er eine Nachricht auf seinem Handy bekommen habe. Er müsse noch mal weg. Was für ein Motiv soll mein Sohn denn haben? Die Geschäfte laufen glänzend, sein Wein wird anerkannt, von allen Seiten bekommt er Auszeichnungen."

Ulrich sah die noch ungeöffnete Sektflasche und er sah ihren Kopf. Er verspürte den unbändigen Drang beides zusammenzubringen. Er hatte vorgehabt, mit ihr anzustoßen. Sie hatte ihn abserviert. Eiskalt abserviert. Seinen Einwand, er könne der Polizei einiges erzählen, konterte sie mit dem Argument, er selbst sei viel zu tief in die Sache verstrickt. Wie konnte er nur so naiv sein? Ihm wurde klar, dass sie ihn benutzt hatte. Was für ein Idiot war er doch gewesen!

In Polten läuteten die Glocken und die Tauben stiegen vom Dach der Kirche auf und kreisten über den goldenen Bergen. Lauer stand zum zweiten Mal an diesem Tag vor einem Weingut und klingelte. Er wusste, es könnte Ärger geben mit den Kollegen hier in der Kreisstadt. Zuständigkeiten.

„Wir verkaufen nichts", sagte die Frau am Tor. „Trauerfall."

„Ich will keinen Wein, nur mit Ihnen reden", sagte Lauer. Als sie ihm die Tür zuschlagen wollte, zeigte er ihr Fritzens Handy. Reinholds Mutter hatte es ihm, ohne nachzufragen, ausgehändigt. Einige Anrufe bei seiner Dienststelle zu Hause und Lauer war gut vorbereitet für seinen Besuch bei Sabine Bremm.

„Ich will nicht um den heißen Brei herumreden", sagte Lauer. „Sie haben Ihren Mann getötet. Unterstützt wurden Sie wahrscheinlich von Ihrem Freund Ulrich Threes."

Fritzen hatte am Pfingstmontag eine SMS erhalten.

„Muss dich treffen. Wichtig. Um sieben am Weinberg. S.“

Die Nummer unterdrückt, aber kein Problem für Lauers Assistenten. Ein Anruf beim Netzbetreiber und das Problem war gelöst. Die Nachricht stammte von Threes' Handy. Fritzen war kurz nach achtzehn Uhr an Bremms Weinberg von einer Gruppe von Wanderern gesehen worden, darunter Threes, der ganz zufälligerweise auch die Wanderung organisiert hatte. Lauers Handy klingelte. Die Nummer war unterdrückt. Bestimmt Fabian. Lauer drückte seinen Sohn weg. Das Gespräch mit Sabine Bremm ging vor. Außerdem war er auf Fabian noch sauer, der bei ihrem letzten Treffen einfach abgehauen war.

„Sie haben die Stütze angesägt, ob alleine oder zusammen mit Threes wird noch zu klären sein“, sagte Lauer.

„Und mein Motiv?“, fragte sie.

„Sie erben die Weinberge Ihres Mannes. Und mit Fritzen schaffen Sie sich einen Konkurrenten vom Leib.“

„Das können Sie nicht beweisen!“

Ihre Stimme war am Kippen. Lauer zeigte auf Fritzens Handy.

„Das wäre schon Beweis genug. Aber zu Ihrer Information: Vor einer halben Stunde habe ich mit Threes gesprochen. Er wird jetzt gerade in Cochem bei der Polizei sein und seine Aussage machen.“

„Der Idiot“, sagte sie.

Ortschronik

Der Himmel über der Weinbergstraße hatte sich aufgeklart. Die Nachmittagssonne blendete Lars Blank. Er überlegte, wann er das letzte Mal durch Alt-Feudenheim gegangen war. Irgendetwas irritierte ihn, aber er wusste nicht, was. Er hatte gerade seinen vierzigsten Geburtstag groß gefeiert und war in seinem Job als Firmenberater das, was man gemeinhin eine Koryphäe nannte. Vor allem bei Sanierungen war er der Topexperte. Dass dabei immer auch Mitarbeiter ihre Arbeitsplätze verloren, war ihm nicht einmal einen Gedanken wert. Er verdiente viel Geld und hatte wenig Zeit, es auszugeben. Er hatte eine Ehe, zum Glück kinderlos, hinter sich gebracht und lebte mit Janine Vogel zusammen, einer selbstbewussten Frau, die in den Planken einen extravaganten Laden für Designschmuck betrieb.

Lars Blank hatte viel erreicht, mehr, als er sich zu Beginn seines Studiums hatte vorstellen können. Aber etwas lief verkehrt in seinem Leben. Eigentlich lebte er zwei Leben. Doch diesen Gedanken zu vertiefen, würde er keine Zeit mehr haben. Aber das wusste Lars Blank in diesem Augenblick noch nicht. Das kleine Haus ziemlich am Ende der Straße, schräg gegenüber vom Durchgang zum Biergarten, in dem er verabredet war, das irritierte ihn. Jahrelang hatte er den Kopf geschüttelt über die Dauerbaustelle. Das ewig eingerüstete Haus. Mehr oder weniger gefüllte Container davor. Der aufgegrabene Hof eine bizarre Mondlandschaft. Das alles gehörte der Vergangenheit an. Die Renovierung war abgeschlossen und das Häuschen ein wahres Schmuckstück geworden. Er schaute auf die Uhr. Zehn vor fünf. Er hatte noch ein wenig Zeit. Um Fünf war er mit seinem Informanten im Biergarten der Geflügelzuchtanlage verabredet. Vor Blank tauchte der Durchgang zu den „Goggelrobbern“ auf. Er bog ab und sah im ersten Augenblick fast nichts. Der Gegensatz von gleißender Helle und dusterem Durchgang konnte größer nicht sein. Er blieb stehen und betrachtete die Zwerghühner im ersten Gehege. Er schloss die Augen. Weizenbier und paniertes Schnitzel mit Brot, das hatte er immer bestellt, wenn er mit Janine unter den gestutzten Platanen im Biergarten gesessen hatte. Und Janine hatte das Gesicht verzogen, an ihrem Wasser genippt und in ihrem Salat herumgestochert. Plötzlich hörte er ein Knacken hinter sich. Lars Blank drehte sich um, sah zuerst nur den Giebel des frisch renovierten Häuschens, das musste er sich unbedingt noch einmal genauer ansehen, nahm er sich vor. Dann hörte er schon eine laute Stimme.

„Du wirst keine Lügen mehr verbreiten, du Schmierfink!"

Er riss die Augen auf, wollte nach dem Pfefferspray greifen, doch dazu kam er nicht mehr. Lars Blank sah nur die schemenhafte Gestalt eines Mannes, der im Durchgang aufgetaucht war und den Hausgiebel von gegenüber verdeckte. Lars sah, dass der Mann den Arm hob, dass er in der Hand eine Pistole hielt, den Zeigefinger am Abzug. Weit entfernt hörte Blank einen Knall. Etwas läuft wirklich verkehrt in meinem Leben, war sein letzter Gedanke. Den zweiten und den dritten Schuss bekam er nicht mehr mit. Da lag er schon ausgestreckt auf dem Boden.

Hätte Blank die Möglichkeit, einen Blick auf sich selbst zu werfen, ihm würde beim Anblick der eigenen Leiche ein Vers aus einem Biermann-Lied einfallen, auf dem der Lehrer früher herumgeritten war.

„Lag er im grünen Gras – blühten drei rote Nelken blutrot auf seiner Stirn so blass."

Flugzeugmotoren zerreißen die Stille der Nacht. Sie scheinen von allen Seiten zu kommen. Der Kanonier am Flakgeschütz eröffnet das Feuer. Und dann brennt eine Maschine. Der Pilot versucht, sein Flugzeug hochzureißen. Das schlägt fehl. In einem Garten hinter der Turnhalle geht der Flieger nieder. Er bleibt mit dem Fallschirm im Apfelbaum hängen. Das Bein tut weh und die Schulter. Ganz in der Nähe schlägt eine Bombe ein. Dann wird es ruhig. Nur der Feuerschein ringsum. Im Haus da vorne geht die Tür auf. Verdammter Fallschirm. Er zittert, hat Angst. Zwei Gestalten kommen näher.

„Das ist zu gefährlich", sagt die eine.

„Und wenn er verletzt ist, Marie?"

Jetzt stehen sie vor ihm. Es sind zwei Frauen. Sie schneiden den Fallschirm ab, er fällt auf den hart gefrorenen Gartenboden. Sie ziehen ihn hoch, legen sich seine Arme über die Schultern. Drinnen im Haus verbindet die eine die Wunden.

„Ich hab die Flak gerufen", sagt die, die Marie heißt. „Die holen ihn gleich ab."

Die Angst und das Zittern sind weg. Sie sitzen in der Küche, als es an der Haustür klopft.

„Endlich, die Flak", sagt Marie.

Es ist nicht die Flak.

„Heil Hitler, wo ist der Kerl?"

Anton Koppmann, der Ortsgruppenleiter der NSDAP und Feldschütz im Dorf.

Der englische Flieger sieht Koppmann, sieht seine Augen. Da ist wieder die Angst, wie vorhin, draußen im Garten.

Ich hätte keine Gefühle, warf mir meine Frau vor und reichte die Scheidung ein. Ich war überrascht, aber war ich auch berührt, getroffen? Eher erleichtert. Das Leben mit Susanne war anstrengend gewesen, die vielen Familienfeiern, der Freundeskreis, der gepflegt werden musste. Ich war froh, als die Scheidung ohne Komplikationen über die Bühne gegangen war. Mit Janine ist es anders. Sie ist eher wie ich. Es herrscht eine gewisse Distanz, die ich schätze. Und ob sie mich wirklich liebt? Ich weiß es nicht. Und wenn ich ehrlich bin, es ist mir nicht so wichtig.

Lars Blank, der brillante Anwalt, die große Hoffnung. Dass ich nicht lache! Sicher, ich habe Erfolg, verdiene überdurchschnittlich gut. Aber liebe ich meinen Job? Vielleicht hatte Susanne Recht. Ich bin nicht gerade gefühlsbetont, auch in meinem Job nicht. Manchmal glaube ich, neben mir zu stehen, mich aus der Ferne zu beobachten. Und was ich sehe, gefällt mir nicht. Ein smarter Typ, der sein Ding durchzieht, ohne Rücksicht auf Verluste, ohne auch nur einen Gedanken daran zu verschwenden, was die gerade anstehende Firmenübernahme für die Betroffenen bedeutet. Was geht es mich an, dass Hunderte ihren Arbeitsplatz verlieren? Diese Gedanken nahmen vor einem Jahr zu, krallten sich in meinem Kopf fest, beherrschten mich. Selbst abends bei einem Rotwein von Faustino kam ich immer wieder darauf zurück.

Durch Zufall landete ich auf dieser Seite von Wikipedia. Es ging um die Kreisstadt. Dort hatte ich 1986 Abitur gemacht. Ich war fasziniert. Vor allem der Beitrag zur Geschichte packte mich. Schon in der Schule war das eines meiner Lieblingsfächer. Als ich den Namen meines Geburtsortes eingab, nur einige dürre statistische Angaben. Vor einem Jahr fing ich an, einen Beitrag über das Dorf, aus dem ich stamme, ins Netz zu stellen. Jede freie Minute verbringe ich damit, diesen Beitrag zu erweitern. Wenn ich zerschlagen von irgendwelchen öden Sitzungen nach Hause komme, die Arbeit an der Ortschronik gibt mir Kraft. Und wird gewürdigt. Vor vier Wochen erhielt der Beitrag das Prädikat „lesenswert“. Nur drei Promille aller Wikipedia-Artikel erhalten diese Auszeichnung. Selbst der Bürgermeister hat mir gratuliert. Im Urlaub recherchiere ich vor Ort. Mutter wundert sich schon, warum ich sie so oft besuche und so viele Fragen stelle. Nur mit Janine gibt es neuerdings Probleme. Ich würde sie vernachlässigen. Sie merkt nicht, dass ich mich verändere. Ich habe zwar weniger Zeit für sie, aber ich höre zu, interessiere mich.

Draußen ist es ruhig. An vielen Stellen wird die Dunkelheit von brennenden Häusern erhellt. Sie gehen auf der Friedhofstraße, vorbei an der Turnhalle. Koppmann biegt mit dem Flieger, dem er die Hände auf den Rücken gebunden hat, am Ende der Straße nach rechts ab. Als sie sich der Dorfwaage nähern, verlangsamt Koppmann den Schritt. Für einen Moment spürt der englische Gefangene nicht den Lauf der Pistole im Rücken.

„Langsam, Kerl“, zischt Koppmann.

Der Flieger begreift den Sinn, obwohl er die Worte nicht versteht. Koppmann bleibt auf der Waage stehen, der junge, englische Flieger bleibt ebenso ruckartig stehen.

„Jetzt reden wir mal deutsch.“

Der Druck im Rücken lässt nach. Der englische Flieger spürt den Gewehrlauf im Nacken. Niemand wird etwas gesehen, etwas gehört haben.

„Zwischen halb zwölf und Mitternacht“, wird der Dolmetscher im Prozess übersetzen.

Im Juli landete ich einen Volltreffer. Ich erweiterte die Ortschronik um ein Kapitel zum Zweiten Weltkrieg. Meine Mutter hatte mir von einem Vorfall erzählt, bei dem ein englischer Flieger über dem Dorf abgeschossen und vom Obernazi hinterrücks ermordet worden war. Ich ging zur Gemeinde, durfte im Keller die alten Aktenschränke durchwühlen. Und fand viele Dokumente zu dem Vorfall, Zeugenaussagen, Abschriften von

Gerichtsprotokollen, Zeitungsberichte aus dieser Zeit. Anfang August wurde mein Artikel anonym geändert. Wikipedia ist eine offene Plattform. Die Stärke ist zugleich Schwäche. Jeder kann schreiben, ändern, wie er will. Die regionale Presse hat die Sache groß herausgebracht. Und die geänderte Version habe ich unter einem Link gesichert. Für jeden einsichtig!

„Am 21. Februar 1945 wurde ein englischer Flieger, der verwundet in Gefangenschaft geraten war, vom Ortsgruppenleiter der NSDAP, Anton Koppmann, auf Befehl erschossen. 1946 wurde der Ortsgruppenleiter, welcher sich freiwillig stellte, von einem britischen Militärgericht zum Tod verurteilt und ein halbes Jahr später widerrechtlich hingerichtet. 2006 wurde die auf Befehl getane Tötung von dem Schmierfinken Blank ans Licht der Öffentlichkeit gezerrt, ohne die Angehörigen zum Geschehen zu befragen."

Gestern erhielt ich eine Mail. Ein Egon Saalfeld untersagte mir, wie er es formulierte, den Namen des Herrn Anton Koppmann in den Schmutz zu ziehen. Ich hätte einen Artikel geschrieben, der nicht der Wahrheit entspreche. Ich würde Herrn Koppmann als mordgieriges Monster darstellen, ohne ihn zu kennen. Wieso ich denn nicht zu ihnen gekommen sei und mich direkt informiert habe. Ich könne mich ja mit ihnen in Verbindung setzen. Es folgte eine Telefonnummer. Unterschrieben war die Mail mit „Familie Koppmann und Angehörige". Ich war überrascht, dass noch Angehörige von Anton Koppmann im Dorf lebten. Mutter hatte nie darüber gesprochen. Ich setzte mich mit Mutter in Verbindung. Die war natürlich bestens informiert. Egon sei der Sohn vom Koppmann, 1944 geboren. Gemeindeangestellter. Wie sein Vater, dachte ich für mich. Nach seiner Heirat habe er den

Namen seiner Frau angenommen. Ein aufbrausender, jähzorniger Mensch. Ich solle mich ja in Acht nehmen. Ich sagte Mutter, sie sehe Gespenster. Sie wollte mir noch von der alten Frau Koppmann erzählen, die vor drei Jahren im Alter von 97 Jahren gestorben war, aber ich beendete das Gespräch, weil ich noch Saalfeld anrufen wollte. Da es schon nach zehn war, ließ ich es bleiben. Heute Morgen, bevor ich zur Arbeit bin, habe ich sofort mit Koppmanns Sohn telefoniert. Ich weiß nicht, was Mutter hat. Er war am Telefon äußerst freundlich, ja zuvorkommend. Als er mir mit ruhiger Stimme erzählte, dass letzte Nacht die Worte „Mörder raus" an ihr Haus gesprüht worden seien, hätte ich einen gewissen Zorn durchaus verstehen können. Sein Vater habe in Notwehr gehandelt. Das könne er mit unveröffentlichten Unterlagen beweisen. In zwei Stunden, um 17 Uhr, treffe ich mich mit ihm im Biergarten der Geflügelzüchter. Er wollte mir den Weg beschreiben. Ich unterbrach ihn, erklärte ihm, dass ich die Lokalität kenne, schließlich habe ich mir vor einigen Jahren in der Kronenstraße eine Eigentumswohnung gekauft. Ich fragte Saalfeld, wie er ausgerechnet auf diesen Treffpunkt komme. Er sei am Nachmittag sowieso in Feudenheim, Verwandtenbesuch, antwortete er. Außerdem komme es mir als viel beschäftigtem Mann sicherlich entgegen, dass ich den Biergarten ohne großen zeitlichen Aufwand erreichen könne. In Gedanken gab ich ihm Recht. Als ich die Tür abschließe, vergewissere ich mich mit einem Griff in die Jackentasche, dass ich das Pfefferspray auch wirklich eingesteckt habe. Nur für alle Fälle. Was soll mir in aller Öffentlichkeit in einem gut besuchten Biergarten schon passieren? Ich bin gespannt, was er mir erzählen wird.

Friedensangebot

Der uniformierte Polizist rollte das Absperrband zusammen und legte es in den Kofferraum. Dann lehnte er sich an den Pfosten und schaute dem Cadillac zu, der von der Straße abbog. Der Wagen hinterließ auf dem unbefestigten Zufahrtsweg eine deutliche Spur. Auf den Wiesen der welligen Landschaft standen Wasserlachen. Die Tannen auf dem Hügel sahen vor dem dunklen Himmel unwirklich aus. Kommissar Lauer grüßte den Kollegen am Pfosten. Langsam rollte er auf das Haus zu, das abseits der Straße stand. Die Fensterläden hingen schief in den Angeln. An der Haustür blätterte der Lack ab. Das ganze Anwesen machte einen heruntergekommenen Eindruck. Lauer stieg aus und musterte die mit Lehm beschmierten Reifen. Dann drückte er auf die Klingel und wartete. Drinnen hörte er weit entfernt ein Schlurfen. Zum ersten Mal benutzte er den Cadillac im Dienst. Burgunderrot, cremefarbener Überbau. Vor zwei Tagen, am 10. Juni, hatte sein alter Lada schlapp gemacht. Heute wollte er sich um einen Ersatz kümmern, aber dann war die telefonische Anfrage des Kollegen aus Weinheim gekommen. Tödlicher Autounfall. Ein Sportwagen aus Mannheim war in der Nähe von Rippenweier verunglückt. Neugierig, wie er war, wollte Lauer sich vor Ort ein Bild machen. So hatte er sein Prunkstück aus der Garage geholt und sich auf den Weg Richtung Odenwald gemacht. Lauer fuhr den Cadillac sonst nur sonntags. Nur im Sommer. Und nur bei gutem Wetter. Einen Großteil seiner Freizeit brachte er mit der Pflege des Wagens zu. Auch nach fast dreißig Jahren sah er noch wie neu aus.

Endlich ging die Tür auf. Ein alter, gebeugter Mann mit stoppeligem Kinn und wässrigen Augen schaute ihn an. Lauer stellte sich vor, hielt seinen Ausweis hin und fragte den Mann, ob er letzte Nacht etwas bemerkt habe. Der Alte war aufgeregt.

„Höllenlärm! Vollgas! Zwei Kerle!"

„Was meinen Sie damit?", fragte Lauer. Aber der Alte hatte den Cadillac entdeckt und schlurfte in seinen ausgebeulten Trainingshosen ins Freie.

„77 oder 78?"

„Baujahr 78", sagte Lauer.

„Traumauto! Reinsetzen!"

Der Alte versank in den Polstern. Eine junge Frau kam aus dem Haus.

„Aber Opa", sagte sie und zog den alten Mann sanft aus dem Auto. Sie packte ihn zärtlich am Arm und dirigierte ihn ins Haus zurück.

„Entschuldigen Sie", drehte sie sich nach Lauer um. „Großvater lebt in der Vergangenheit. Alles, was heute ist, bringt er nicht mehr auf die Reihe."

Ich fühle den Herzschlag in meiner Brust und das Adrenalin, wie es durch meine Venen jagt. Und ich sehe, die Leute reden über mich. Ich stehe im Mittelpunkt. Ich wollte immer was Besonderes sein. Jeder und alles sollte sich um mich drehen. Wenn ich akzeptiert wurde, war ich stolz. Wir machen das jedes Wochenende mit der Clique. Mit der Polizei ist das so eine Sache. Da müssen wir Daumen drücken, dass die nicht aufkreuzen. Wir suchen uns immer verschwiegene Ecken aus. Da, wo nichts los ist. Wo keiner hinkommt. Wo eh keiner wohnt. Man muss nur die richtige Gegend finden. Und Glück gehört auch dazu. Aber ich bin ein Glückspilz.

Die nächste Tür, vor der Lauer stand, war die einer imposanten Jugendstilvilla in Mannheims Oststadt. Er klingelte. Meißner, sein Assistent, hatte ihm die Anschrift der Fahrzeughalterin durchgegeben. Vor Türen stehen, klingeln, warten, so vergeht das Leben. Irgendwo hatte Lauer gelesen, dass Leben Warten ist auf die Pausen zwischen den Wartezeiten. Lauer hatte das Gefühl, die Pausen dazwischen schrumpften zu Leere, zu Nichts. Vielleicht bestand das ganze Leben nur aus Warten und nichts anderem. Vielleicht war Warten das einzige, auf das es anzukommen schien. Vielleicht war das Leben sinnlos. Es dauerte, bis aufgemacht wurde. Lauer lehnte mit dem Rücken an der Tür, war in die Bewunderung seines Autos versunken, obwohl sich Zweifel anmeldeten. Was, wenn er einen Verdächtigen beschatten musste? Ziemlich auffällig. Dann ging die Tür auf und Lauer wäre einer attraktiven Frau um die 50 fast in die Arme gefallen.

„Frau Berthold?"

„Schade, dass mein Mann nicht da ist, er schwärmt für solche altertümlichen Fahrzeuge..."

Lauer schnitt ihr das Wort ab.

„Lauer, Kriminalhauptkommissar von der Kriminalinspektion Mannheim, Dezernat Tötungsdelikte. Wer fuhr gestern mit Ihrem Wagen?"

„Mein Sohn, der ist meistens damit unterwegs."

„Ich muss Ihnen die traurige Mitteilung machen, dass Ihr Sohn..."

Wie er seinen Job in solchen Momenten hasste.

„Mein Sohn, was hat er wieder angestellt?"

„Ein schrecklicher Unfall. Ihr schwarzer Porsche ... Ihr Sohn ist... Wir konnten ihn noch nicht ..."

Die Frau lachte laut auf.

„Sie wollen mir doch nicht weismachen, dass Sebastian etwas passiert ist."

„Wir müssen mit dem Schlimmsten ..., es könnte sein...", stotterte Lauer.

„Jetzt hören Sie auf", fiel ihm die Frau ins Wort. „Mein Sohn hat gestern Abend ausgiebig gefeiert. Heute Morgen gegen halb acht kam er mit dem Taxi nach Hause.

Jetzt liegt er oben in seinem Bett. Was ist mit dem Wagen?"

Lauer fand seine Selbstsicherheit wieder.

„Ihren Wagen können Sie abschreiben. Totalschaden. Und Ihren Sohn möchte ich sprechen, jetzt."

Beim Lieselotte-Gymnasium hatte Lauer am nächsten Tag nicht klingeln müssen. Er hatte das Eingangsportal aufgedrückt und sich im Flur am Wegweiser orientiert. Der Tote im Porsche war zweifelsfrei nicht Sebastian Berthold. Es hatte zwar einige Zeit gedauert, bis der junge Berthold unten erschienen war und er machte einen reichlich verkaterten Eindruck. Aber er lebte. Lauer ließ sich vorsorglich sogar den Personalausweis zeigen.

„Blackout", antwortete Sebastian Berthold auf Lauers Frage, wer den Porsche gefahren habe. „Ich muss wohl zu viel getrunken haben gestern."

Wer war dann der Tote? Lauer hatte Meißner den Auftrag gegeben, sich nach Vermissten zu erkundigen. Die Sekretärin im Rektorat wollte Lauer für übermorgen einen Termin geben, aber er ließ sich nicht abwimmeln. Zur Strafe musste er zwanzig Minuten warten, bis er zu Direktor Dr. Huber vorgelassen wurde.

„Ein toller Jahrgang, der Null-Siebener", schwärmte der Schulleiter. Im Verlauf des Gesprächs erfuhr Lauer, dass der Pädagoge zum Ende des Schuljahrs in den Ruhestand ging. Daher wohl das Loblied. Als der Name Sebastian Berthold fiel, verdunkelte sich die Miene des scheidenden Schulleiters.

„Unangenehm. Betrug in der Mathematikprüfung. Die Prüfung wurde annulliert. Schade, Sebastians Vater war immer großzügig."

Sebastian, ein eher schwacher Mathematikschüler, hatte in der Abschlussklausur passable Leistungen gezeigt. Kurz vor den Pfingstferien war ein anonymer Brief gekommen, wahrscheinlich von einem Klassenkameraden. Der Brief enthielt die Einzelverbindungsnachweise von Sebastians Handy. Daraus ging hervor, dass er zur Zeit der Mathematikklausur sein Handy benutzt hatte. Die Zeiten der Anrufe deckten sich mit den Zeiten, in denen Sebastian laut Prüfungsprotokoll auf der Toilette war. Sebastian hatte den Betrug gestanden. Der Direktor kopierte die Unterlagen. Lauer fragte, ob er eine Kopie der Klassenlisten haben könne. Lauer stellte sich auf eine längere Diskussion ein, Datenschutz, rechtliche Handhabe, wer die Verantwortung übernehme. Zu seiner Überraschung drückte ihm der Direktor die Listen ohne Diskussion in die Hand.

„Mein letzter Jahrgang!"

Als Lauer am nächsten Mittag an seinem Schreibtisch saß, fand er mehrere Nachrichten seines Assistenten. Meißner, die Zuverlässigkeit in Person, gepaart mit einem Schuss Pedanterie, hatte wie üblich die Nachrichten nummeriert. Lauer war nach dem Besuch im Gymnasium beim Autohändler vorbeigefahren, hatte sich nach zehn Minuten für einen fünf Jahre alten Skoda Fabia entschieden, metallic-silbern, niedriger Benzinverbrauch und moderater Verkaufspreis. Am nächsten Vormittag hatte er das Geld abgehoben, war mit dem Bus zum Autohaus gefahren, hatte die Scheine auf den Tisch geblättert, den Schlüssel und die Papiere in Empfang genommen und war ins Präsidium gefahren. Lauer legte die Nachrichten zur Seite und nahm sich die Klassenlisten vor. Bei der Adresse einer Julia Schröder stutzte er. Er notierte sie sich. Dann las er die Nachrichten seines Assistenten.

„Montag, 12. Juni, 18:37 Uhr: Eine Frau Schaffner hat ihren Sohn Timo als vermisst gemeldet. Kümmere mich darum. Worum kümmern Sie sich eigentlich? Um Ihren Cadillac?"

„Montag, 12. Juni, 22:14 Uhr: Frau Schaffner hat ihren

Sohn identifiziert. Timo ist der Tote von Rippenweier."

„Dienstag, 13. Juni, 16:24 Uhr: Unfallursache geklärt. Sabotage. Lenkung manipuliert. Mutter am linken Kugelkopf entfernt. Kugelkopf verbindet Spurstange und Achsschenkel. Eine Kleinigkeit, meint der Sachverständige. Ich mache mich auf den Weg zur Werkstatt. Wo sind Sie unterwegs?"

Lauer stand wieder vor dem heruntergekommenen Haus in der Nähe des Tatortes. Neben dem Haus reckte sich ein toter Baumstamm nach den Wolken, die ein warmer Wind vor sich hertrieb. Der Hügel im Hintergrund sah aus, als schwimme er im Himmel. Ein Wolkenstreifen trennte ihn vom Grund des Tals ab. Der Boden war nach den sintflutartigen Regenfällen vom Montag wieder abgetrocknet. Lauer betrachtete sein neues Auto. Der Cadillac machte mehr her. Aber der Skoda war zur Beschattung ideal, unscheinbar, ja unauffällig. Die Tür ging auf, der Alte schaute an ihm vorbei.

„Früher hatten die Leute andere Autos."

Die junge Frau erschien an der Tür.

„Frau Schröder? Ich muss mit Ihnen sprechen."

„Bis vor vier Wochen war ich mit Timo zusammen. Fast zwei Jahre. Dann hat es mit Sebastian gefunkt. Ich weiß gar nicht mehr richtig, wie es passiert ist. Mit Timo habe ich sofort Schluss gemacht. Der war total fertig. Kann ich ja verstehen. Sebastian war sein bester Freund gewesen. Timo warf mir vor, ich sei auf Sebastians Geld aus. Der sei nur ein bescheuerter Angeber, der mit dem Geld seiner Eltern protze. Eine Woche haben wir nichts von Timo gehört. Dann kam der Anruf vom Gymnasium. Aber das wissen Sie ja. Sebastian war außer sich. Er konnte es nicht fassen, dass Timo, der früher mal sein bester Freund war, ihn verpfiffen hatte. Aber Timo war der einzige, der von den Anrufen wusste. Ich habe mit Engelszungen auf

Sebastian eingeredet. Nach langem Hin und Her hat er sich dann doch wieder einigermaßen beruhigt. Er wolle sich vertragen, sagte er zu mir. Er und Timo seien quitt. Ich hatte gleich das Gefühl, als wolle Sebastian sich in erster Linie wegen mir vertragen. Aber in dem Moment war mir das, das muss ich zugeben, egal. Ich wollte nur, dass es zwischen beiden keinen Streit mehr gab. Sebastian bat mich, ein Treffen zwischen ihm und Timo zu arrangieren. Und ich war auch noch so naiv! Wie konnte ich wissen, was Montagnacht passieren würde? Timo wollte anfangs nicht. Sebastian redete auf ihn ein. Ich hab' dir die Freundin ausgespannt, wegen dir bin ich beim Abi durchgerasselt. Wir sind quitt. Als ihm Sebastian dann die Autoschlüssel des Porsche hinhielt und ihm anbot, Timo solle beim Rennen fahren, war das Eis gebrochen."

Wie das kribbelt im Bauch. Was das für ein Gefühl ist. Das ist nicht schlecht, das Gefühl. Als ob du einen Joint rauchst. So ein Gefühl ist das. Ach was, noch viel toller. Wenn du mit 200 über die Straße bretterst, ein Auge immer nach vorne gerichtet, damit du einen Unfall vermeidest, das andere im Rückspiegel, denn die Polizei schläft nicht. Herzlich willkommen in dieser einzigartigen Welt! Auch Timo sollte diesen Kick spüren! Wir verstanden uns wirklich blind, früher. Mit ihm konnte ich über alles reden. Zusammensein, füreinander da sein, wenn du gebraucht wirst oder wenn du selbst jemanden brauchst. Freund sein. Timo konnte ich alles anvertrauen. Zuhören. Trösten. Vertrauen haben können. Nein, ich würde nie einen Freund von mir in die Pfanne hauen. Dachte ich damals. Auf gar keinen Fall! Seit diesem Ereignis hatte ich einen Hass auf Timo. Kein anderer Gedanke hatte mehr Platz in meinem Hirn. Ich hatte mich vorher oft mit meinem Vater gestritten. Nach außen gab ich mich gleichgültig, ruhig, gelassen. Aber in meinem Innern brodelte es. Und dann hatte ich die Idee mit dem Kick und ich wurde wirklich ruhig und gelassen. Was war das für ein Gefühl, als ich ihm die Autoschlüssel in die Hand drückte! Dabei verstanden Timo und ich uns früher einmal blind.

„Rennen?“, unterbrach Lauer Julia.

„Ja, Autorennen, illegale, Sie werden doch schon davon gehört haben.“

Natürlich hatte Lauer von solchen Rennen gehört. Frankfurt, Hanauer Landstraße, 400-Meter-Rennen auf der Pagenstecher Straße in Osnabrück, Tod eines Schülers in Nürnberg. Aber hier im friedlichen Odenwald, direkt vor der Haustür?

„Vor zwei Jahren starb meine Oma“, erzählte Julia weiter. „Opa sollte ins Heim. Ich protestierte, zog hierher, kümmerte mich um Opa. Wenn ich in der Schule bin oder mal weggehe, kommt der Pflegedienst vorbei. Timo besuchte mich oft hier. Manchmal kam Sebastian mit. Er fand die Gegend hier ideal, schmale Täler, kleine gewundene Straßen, dann auf den Bergkuppen kerzengerade Stücke. So richtig zum Brettern, sagte er. Die Rennen finden unregelmäßig statt. Die Strecken wechseln ständig. Es nehmen immer nur zwei, drei oder höchstens vier Fahrer teil.“

„Höllenlärm! Vollgas! Zwei Kerle!“

Mit einem Mal klangen die Worte des alten Mannes alles andere als verwirrt.

„Sogar von Frankfurt kommen manchmal welche.“

Und wir Bullen kriegen nichts mit, dachte Lauer.

„Die Autoschlüssel als Friedensangebot. Irgendwann lagen sich Timo und Sebastian in den Armen. Zwei Stunden später war Timo tot. Er hat sich überschätzt.“

Fast unmerklich schüttelte Kommissar Lauer den Kopf. Er stand auf und verabschiedete sich. Die nächste Tür wartete auf ihn.

Was bin ich für ein Glückspilz

Ich war mit Lang durch, ging nach unten und suchte den Wagen. Lang hatte gleich gegenüber geparkt. Der Audi war rot und neu und hatte ein Stuttgarter Kennzeichen. Ich stieg ein, schob den Sitz nach hinten, fuhr über das Lederlenkrad, klappte die Sonnenblende herunter und wieder hoch, der Schaltknüppel lag gut in der Hand, griff in die Ablage der Tür, drehte mich zur Rückbank um, sah leere Red-Bull-Dosen, irgendein Vitaminpräparat und zwei Frotteeschweißbänder.

Rita hatte es eilig. Sie war spät dran. Letzte Nacht hatte sie unruhig geschlafen. Vollmond. Wahrscheinlich hing es damit zusammen. Gegen Morgen war sie in einen tiefen, bleiernen Schlaf gefallen. Der Radiowecker versuchte sie um sechs zu wecken, aber Rita hatte Probleme, in die Gänge zu kommen. Immer wieder fielen ihr die Augen zu. Unter der lauwarmen Dusche kam sie langsam zu sich. Bis auf einen Kaffee, schwarz mit viel Zucker, fiel das Frühstück aus. Als sie das Haus verließ, schaute sie auf die Uhr. Es war sieben Uhr einundzwanzig.

Ich hatte es mir schwieriger vorgestellt. Lang macht immer Probleme. Sein ewiges Lamentieren, bis er endlich bezahlt. Aber er ist eine Goldgrube, deshalb nehme ich die Schwierigkeiten gerne in Kauf. Red-Bull-Dosen! Vitaminpräparate! Lang und sein Fitness-Wahn. Treibt sich jede freie Minute im Sportstudio herum. Steppen bis zum Umfallen. Laufband bis zum Exzess. Trotzdem ist sein Bauchansatz nicht zu übersehen. Lang, ein hohes Tier bei der Stadtverwaltung, Bauamt. Und ich habe Unterlagen, aus denen hervorgeht, dass er korrupt ist. Wo ich die Sachen herhabe? Tut nichts zur Sache. Geldgeschenke von Baufirmen. Die werden dann bei Grundstücksgeschäften mit der Stadt bevorzugt. Grundstückstausch und so. Was da abgeht! Unglaublich! Alle acht, neun Wochen melde ich mich bei Lang und kassiere. Der Audi ist echt edel. Guter Fang! Mit vierhundert hatte es vor knapp zwei Jahren angefangen, inzwischen waren wir bei 1000 angelangt. Ich war relativ bescheiden und überspannte den Bogen nicht. Bei Langs Zuwendungen von den diversen Baufirmen konnte er meine Forderungen locker aus der Portokasse bezahlen. Heute wollte ich auf 1200 erhöhen. Und hatte mich schon auf sein Gejammer und elendig lange Diskussionen eingestellt, die immer gleich ausgingen. Lang zahlte zähneknirschend. Aber es kam heute alles anders.

Rita hatte es eilig. Sie war wirklich spät dran. Als sie das Haus verließ, fiel ihr ein, dass sie unbedingt noch tanken musste. Zum Glück war die Tankstelle gerade um die Ecke in der Wallstadter Straße. Der rote Audi wäre ihr bestimmt nicht aufgefallen, aber das Kennzeichen ließ sie schmunzeln. Das S in Symbiose mit dem V und dem W. Als Rita ihr Auto aufschloss, bemerkte sie den Mann im Audi, dunkle Sonnenbrille, Baseballkappe. Er klappte gerade die Sonnenblende wieder hoch, nachdem er vorher das Lenkrad gestreichelt hatte. Der sieht aus wie ein echter Ganove, dachte Rita, als sie den Schlüssel ins Zündschloss steckte. Und zum zweiten Mal an diesem Morgen musste sie schmunzeln. Die Uhr im Instrumentenbrett zeigte sieben Uhr dreiundzwanzig. Rita drehte den Schlüssel um.

Schweißbänder! Lang mit Schweißband. Dabei sind seine Haare echt kurz. Seine unglaubliche Naivität! Die ist nicht einmal mit einem Schweißband zu kaschieren! Noch immer wundere ich mich, wie glatt alles gelaufen ist. Bevor ich meine erhöhte Forderung einbringen konnte, legte mir Lang einen Vertrag vor.

„Wir machen Nägel mit Köpfen", sagte er.

Wenn ich ihn richtig verstand, wollte er mich auszahlen. Sein Auto gegen mein Schweigen. Langs Karosse konnte ich gut und gerne für 40000 verhökern. Ich brauchte nicht lange zu überlegen, um den fingierten Kaufvertrag zu unterschreiben. Beim Unterschreiben des zweiten Schriftstückes musste ich grinsen, verpflichtete ich mich doch mit meiner Unterschrift auf alle weiteren Forderungen gegenüber Lang zu verzichten. Wie naiv war der Typ wirklich? Unser Abkommen wurde mit einem Glas Whisky besiegelt. Der roch nach Desinfektionsmitteln und Krankenhaus und schmeckte auch so.

„Direktimport. Was für Kenner. Unverschämt teuer. Stoßen wir auf unser hoffentlich letztes Treffen an", sagte Lang. „Sicher, ich könnte verlangen, dass Sie alle Unterlagen, die sie über mich haben, herausgeben. Aber woher weiß ich, dass Sie keine Kopien haben. Also lassen wir das ganz einfach."

Dann händigte er mir die Schlüssel und die Papiere aus. Zum Abschied drückte er mir die Hand und schaute mir in die Augen.

„Sie werden es nicht glauben, aber ich vertraue Ihnen."

Natürlich vertraute er mir. Ich sage nur naiv. Der würde sich wundern. Auf Wiedersehen in acht Wochen, dachte ich, als ich seine Wohnung verließ. Ich schaue nochmals in den Rückspiegel, sehe die edlen Rücksitze. Ich drehe mich um und streichle mit den Fingerspitzen über das weiche, schwarze Leder. Der Audi Roadster ist auf jeden Fall mehr als 40000 wert, vermute ich. Was bin ich nur für ein ausgesprochener Glückspilz! Ich stecke den Schlüssel ins Schloss und muss erneut grinsen, als ich an Lang denke. Dann drehe ich langsam den Schlüssel um.

Rita hatte es eilig. Sie war echt spät dran. Und die Tankerei brachte sie noch mehr in die Bredouille. Konnte der Sprit sich nicht ein wenig schneller durch den Einfüllstutzen zwängen? Rita tankte wie immer für zwanzig Euro. Der Tankwart hatte wie immer lässig die Hand gehoben, als sie vorgefahren war. Rita zog den Rüssel der Zapfpistole aus dem Stutzen und setzte den Tankverschluss wieder auf. Sie schloss den Tankdeckel ab und betrat den Verkaufsraum. Den Zwanzig-Euro-Schein hielt sie schon bereit. Wie immer. Die Uhr an der Wand hinter der Kasse zeigte sieben Uhr achtundzwanzig. Der Tankwart wollte gerade seinen obligatorischen Spruch loswerden, als ein lauter Knall die Scheiben erzittern und den Tankwart hinter der Ladentheke verschwinden ließ. Dann kehrte wieder Ruhe ein. Rita hatte das Gefühl, es müssten Stunden vergangen sein, bis der Kopf des Tankwarts endlich wieder neben der Kasse auftauchte.

„Dauernd fliegt irgendwo auf der Welt was in die Luft! Ein verdammt heißer Herbst“, wurde er doch noch einen Spruch los. Der Minutenzeiger okkupierte gerade die Sechs. Rita war sich jetzt sicher, dass sie zu spät kommen würde.

Aber spielt das eine Rolle?

„Leder-Endres in den Planken, das werden Sie sicherlich bemerkt haben, besteht aus zwei Abteilungen. Die eine, die untere, da wo ich arbeite, spricht den Durchschnittsverdiener an. Ab und zu gibt es Sonderangebote, dann wird unser Geschäft auch schon mal belagert. Und die Abteilung oben, die ist ziemlich exklusiv. Nur was für Leute mit dickem Geldbeutel. Ich sage immer, wir sind die Unterklasse und oben ist die Oberklasse. Sie merken ja, wie es hier drinnen riecht, Haut und Leder. Mit jedem Schritt, den Sie weiter in den Laden kommen, wird dieser Geruch intensiver. Heute Morgen, als ich aufgeschlossen hatte, war noch ein anderer Geruch da, aber das wurde mir erst nach und nach bewusst. Dann ging ich der Sache nach. Der fremde Geruch wurde stärker, als ich die Treppe hochging."

„Das geht mir zu schnell, Frau Rohde."

Kommissar Lauer unterbrach den Redefluss.

„Die Eingangstür war abgeschlossen, sind Sie sicher?"

„Absolut sicher, ich schließe jeden Morgen auf. Frau Mischke kommt immer nach mir. Kam", verbesserte sie sich.

„Ich fasse zusammen: Sie schließen auf, betreten den Laden, bereiten alles vor. Kurz vor zehn wundern Sie sich, weil Ihre Kollegin noch nicht da ist. Dann fällt Ihnen der unangenehme Geruch auf. Sie gehen nach oben."

„Genau. Dort sah ich die Bescherung. Innereien, Eingeweide, schon angefault, alles über die kostbaren Ledermäntel und Ledertaschen gekippt. Die Hitze übers Wochenende! Sie können sich vorstellen, wie das Zeug gestunken hat."

Lauer konnte es sich gut vorstellen.

„Neben dem Zimmerbrunnen sah ich Frau Mischke in einer kleinen Blutlache liegen. Die war tot, das sah ich auf den ersten Blick. Vielleicht roch sie auch, aber das fiel bei dem Gestank nicht weiter auf. Ich habe sofort die Polizei gerufen. Herrn Endres, den Inhaber, konnte ich nicht erreichen. Der war gerade bei einem Kunden in Frankfurt."

Kriminalhauptkommissar Lauer schüttelte seine linke Hand, die eingeschlafen war.

„Wie kamen Sie mit Ihrer Kollegin aus?"

„Die Mischke kam sich als was Besseres vor. Schließlich bediente sie oben. Aber wenn der Chef nicht da war, war sie ganz umgänglich."

„Wieso das?"

„Die hat dem schöne Augen gemacht."

„Hatte sie ein Verhältnis mit ihm?"

„Was weiß ich. Es könnte schon sein, dass die was miteinander hatten. Aber seit einigen Tagen ging es zwischen den beiden eher frostig zu."

Als Lauer nach dem Mittagessen ins Polizeipräsidium kam, passte ihn sein Assistent Meißner im Flur ab.

„Drinnen wartet der Endres, Leder-Endres in den Planken."

„Wurde auch langsam Zeit", brummte Lauer und wollte in sein Büro. Meißner hielt ihn am Arm fest.

„Frau Rohde hat vor einer Stunde angerufen. Sie habe noch etwas vergessen. In den letzten Tagen hätten Tierschützer, richtig militante, in den Planken vor dem Laden einen Stand gehabt. Ihr Chef habe vielleicht getobt."

Herr Endres war Anfang fünfzig, groß, schlaksig, mit angegrauten Haaren. Lauer reichte ihm die Hand. Endres' Händedruck war schwammig und feucht. Toter Aal, durchzuckte es Lauer.

„Eine schlimme Sache", sagte der Mann in dem dunkelgrauen Sportsakko, modisch geschnitten, aus Leder, versteht sich.

„Stichwort Tierschutz“, wechselte Lauer abrupt das Thema.

„M.A.S.T.“, kam es von Endres wie aus der Pistole geschossen.

„Ich kann Ihnen im Moment nicht folgen.“

„’M.A.S.T. - Menschen achten und schützen Tiere’. Spinner, Verrückte, Terroristen, die mich ruinieren wollen! Sind die für den Anschlag auf mein Geschäft verantwortlich? Haben die meine Frau Mischke umgebracht? Das würde passen.“

Endres war aufgesprungen und fuchtelte mit den Armen.

„Langsam, langsam!“, beschwichtigte ihn Lauer. „Noch wissen wir gar nichts. Erzählen Sie mir von M.A.S.T.“

„Radikale Tierschützer, sperren sich in winzige Käfige, um gegen die Massentierhaltung zu protestieren. Besetzen Pelztierzuchtfarmen. Haben letzte Woche so genannte Infostände vor meinem Geschäft gehabt. ‚Leder-Endres macht mit im blutigen Lederhandel’ war eine Parole. Schwachsinn. Und: ‚Lieber nackt als Leder tragen.’ Dazu sind ein paar Nackte vor meinem Geschäft auf und ab gehüpft. Das gab einen Auflauf! Der Eingang war blockiert. Die Kunden blieben weg. Ich hatte Umsatzeinbußen. Die sind verrückt, die gehören in die Irrenanstalt.“

„Sie haben doch bestimmt die Polizei gerufen?“, fragte Lauer.

„Natürlich habe ich das. Ihre Kollegen ordneten an, dass die Nackten sich was überziehen sollten. Dann ließen sie sich von den Tierschutzterroristen die Papiere zeigen, alles in Ordnung, sagten sie zu mir, und weg waren sie. Die Mannheimer Stadtverwaltung genehmigt Terroraktionen gegen ehrbare Geschäftsleute. So weit sind wir. Ein Skandal!“

Endres war gegangen und Lauer brütete über seinem Schreibtisch. Ein zweigeteiltes Ledergeschäft, Ramschladen und Luxusabteilung. Wobei Endres sich den „Ramsch“ anscheinend auch noch gut bezahlen ließ. Militante Tierschützer, die nackt vor dem Geschäft protestieren. Innereien, die auf edlen Lederwaren übers Wochenende ihre Aromen entfalten. Und neben dem massiven Zimmerbrunnen, schwerer Sandstein, eine tote Verkäuferin. Der frostige Umgangston zwischen Endres und Mischke. Das waren die Fakten.

Wenn Endres wirklich eine Beziehung zu seiner Angestellten hatte und wenn es in dieser Beziehung kriselte, dann war Endres unbedingt zum Kreis der Verdächtigen hinzuzuzählen. Meißner betrat das Zimmer und setzte sich.

„Alles sonnenklar, Chef. Die M.A.S.T.-Leute protestieren. Am Samstagabend kurz vor Geschäftsschluss stürmen sie in den Laden, kippen das Zeug über die Ledersachen, die Verkäuferin stört sie dabei, es kommt zum Gerangel, die arme Frau stürzt unglücklich auf den Brunnen, Schädelbruch, vermutet der Arzt. Wir müssen allerdings noch den genauen Obduktionsbericht abwarten. Der Fall ist so gut wie geklärt.“

„Und wie erklären Sie sich, Meißner, dass der Laden abgeschlossen war? Den Tierschützern konnte es doch egal sein.“

Meißner kratzte sich am Hinterkopf.

„Bei der Toten wurden keinerlei Schlüssel gefunden. Ich habe veranlasst, dass die Kollegen von der Spurensicherung sich im Umkreis des Ladens umsehen. Einige Quadrate weiter wurde in einem Papierkorb vor dem Maxxcut...“

„Max... was?“, unterbrach Lauer seinen Assistenten. Der blieb ruhig.

„Maxxcut Hairfactory, also, im Papierkorb vor diesem

Friseurladen wurde der Schlüsselbund der Toten gefunden, mit allen Geschäftsschlüsseln. Wir sollten uns die, wie Sie sagen, Tierschützer mal vorknöpfen."

Kommissar Lauer griff nach seiner Jacke, die nicht aus Leder war. Ein vernünftiger Haarschnitt würde ihm nicht schaden. Sein Zweifel hatte sich eher vergrößert.

„Was glauben Sie, Herr Kommissar, was wir alles zu hören bekommen. ‚Leder ist geil.' ‚Tierschützer in die Klapse.' Das ist noch harmlos. Wir sind keine Terroristen, auch wenn die Aktion diesen Eindruck vermitteln könnte. Mit dem Tod der Verkäuferin haben wir nichts zu tun. Leder-Endres ist in Mannheim eine Institution und mit der Luxusabteilung werden die wirklich Reichen angesprochen. Wir wollten die Leute aufrütteln, auf die Qualen der Tiere aufmerksam machen. Wir retten auch verlassene Katzen und Hunde in Beirut."

Lauer trommelte mit den Fingern auf die Tischplatte.

„Während Bomben fallen und Menschen sterben", sagte er.

Der sanfte Gerhard Ohlmann ließ sich von Lauers Einwand nicht aus der Ruhe bringen. Langsam und mit gleichmäßigem Ton redete er weiter.

„Es gibt Zeiten, da verstört Tierliebe. Es ist Ihr gutes Recht, Herr Kommissar, uns zynisch zu finden. Um Menschen kümmern sich viele. Wir kümmern uns um Tiere. Denn alles Leben ist lebenswert. Die Welt wäre ein besserer Ort für die Tiere ohne Menschen. Wir sind die größte Plage. Ich weiß, das klingt hart, für die Tiere ist es Realität."

„Könnte es sein, Herrn Ohlbaum, dass Sie ein Menschenhasser sind?", fragte Lauer und bemühte sich ebenso langsam und leise wie sein Gegenüber zu reden.

„Aber nein, nein. Der Tierschutz in Zeiten menschlichen Leids..."

„Wir sollten wieder zu Leder-Endres kommen“, unterbrach Lauer die Ausführungen des Vorsitzenden von MAST. Bei den letzten Worten des Tierschützers hatte sich bei Lauer das Gefühl verstärkt, einem Prediger gegenüberzusitzen.

„Selbstverständlich, Herr Kommissar. Am zweiten Tag unserer Aktion kam die Verkäuferin aus dem Laden, die, die umgekommen ist. Sie tat, als beschwere sie sich, drückt mir einen Briefumschlag in die Hand und flüsterte mir zu, ich solle das lesen. Aus den Unterlagen ging hervor, dass ihr Chef illegale Geschäfte betreibe, Handel mit Krokodilleder. Daraufhin änderten wir unsere Strategie. Die Aktion wurde geplant. Und Endres’ Verkäuferin half uns dabei. Damit Sie mich nicht falsch verstehen, Herr Kommissar, wir geben die Namen unserer Informanten normalerweise nicht preis. Aber in diesem Fall liegen die Dinge anders. Die Frau ist tot.“

„Was sind Sie nur für ein kleiner, verklemmter Polizeibeamter.“

Frau Endres, die sich köstlich zu amüsieren schien, nippte an ihrem Drink. Gin, vermutete Meißner, der sich auf dem beigen Ledersofa in der Ladenburger Villa mehr und mehr unwohl fühlte.

„Ich weiß nicht, was Sie meinen. Ich habe Ihnen lediglich mitgeteilt, dass wir den Verdacht haben, dass Ihr Mann ein Verhältnis mit seiner Angestellten hatte. Und diese Angestellte, vergessen Sie das bitte nicht, Frau Endres, ist gewaltsam zu Tode gekommen.“

Meißner rutschte unruhig auf dem Ledersofa hin und her. Viel lieber wäre er jetzt zu Hause in seiner gemütlichen Wohnung auf dem Almenhof gewesen, seine einjährige Tochter auf den Knien, vor sich ein Weizenbier und aus der Küche kommen verführerische Düfte. Aber darauf musste er noch warten. Erst musste er Frau Endres abhaken.

„Ich war vom ersten Tag an informiert."

Frau Endres nippte wieder an ihrem Drink.

„Mein Mann und ich, wir haben keine Geheimnisse voreinander. Er hält mich auf dem Laufenden bei all seinen Abenteuern. Oder Seitensprüngen, wie Sie es wohl ausdrücken würden."

Frau Endres schenkte sich nach. Es war Gin.

„Aber ich vergnüge mich auch. Ich habe meine, wie man heute sagt, Lover. Jetzt sind Sie vielleicht schockiert."

Meißner hob abwehrend die Hände.

„Eines muss Ihnen klar sein: Meinem Mann können Sie den Tod dieser Angestellten nicht anhängen. Von wegen Beziehung geht in die Brüche, Geliebte erpresst den Liebhaber. Lächerlich! Mein Mann war nicht erpressbar. Wir führen eine offene Ehe. Wir haben keine Geheimnisse voreinander. Mein Mann hatte kein Motiv."

„Das können Sie nicht bringen, Chef. Eine Durchsuchung ohne Durchsuchungsbefehl! Das geht in die Hosen. Wenn der Endres das spitz kriegt! Und noch schlimmer: Wenn wir nichts finden!"

„Meißner, das dauert ewig, bis wir einen Durchsuchungsbefehl ausgestellt bekommen, wenn überhaupt. Sie kennen doch die ganze Bürokratie. Ihnen muss ich doch nichts erzählen!"

Lauer hatte bei Leder-Endres angerufen. Frau Rohdes Stimme hatte sich auf dem Anrufbeantworter gemeldet.

„Unser Geschäft bleibt wegen eines Trauerfalls bis auf weiteres geschlossen. Wir werden Sie über die Presse informieren, wenn das Geschäft wieder eröffnet wird."

Lauer hatte dann Frau Rohde zu Hause angerufen, ihr erzählt, die Ermittlungen seien in eine entscheidende Phase getreten, die Aufklärung des Verbrechens an Frau Mischke stehe kurz bevor. Er müsse sich lediglich noch einmal genau in den Räumlichkeiten des Geschäfts umsehen. Aber was denn Herr Endres dazu sagen werde, warum er sich nicht an den wende, hatte Frau Rohde zu bedenken gegeben. Der komme später dazu, hatte Lauer die Verkäuferin angelogen.

„Na gut“, hatte Frau Rohde eingewilligt, aber es klang nicht sehr überzeugt.

Frau Rohde wartete schon vor dem Geschäft, als Lauer mit den Kollegen von der Spurensicherung auftauchte. Sie schloss auf.

„Wir fangen oben an“, entschied Lauer.

Gerade als die Kollegen hinter einem Regal eine Tapetentür entdeckten, klingelte Lauers Handy. Er schaute auf die Nummer. Unterdrückt. Also Fabian, sein Sohn. Mit Fabians Mutter hatte Lauer nie zusammengelebt. Die Beziehung war vor der Geburt auseinander gegangen.

„Ich bin exmatrikuliert worden.“

Die Stimme seines Sohnes klang aufgebracht.

„Vielleicht werden die Ewigstudenten irgendwann einfach aussortiert“, bemerkte Lauer zynisch.

„Von wegen! Du bist schuld. Du hast versäumt, die Semestergebühren zu überweisen.“

Überweisung der Gebühren für das Wintersemester: immer vom 15. Juni bis zum 15. Juli. Und heute war der 27. Juli. Lauer fiel es siedendheiß ein.

„Ich bin bei einer wichtigen Durchsuchung. Ich rufe dich…“

„Nichts später. Ich verlasse mich darauf, dass du die Gebühren rechtzeitig überweist. Das ist wirklich nicht viel, was du für mich tun musst. Schließlich bin ich dein Sohn. Meine Existenz steht auf dem Spiel.“

Lauer fand das Pathos in der Stimme seines Sohnes reichlich übertrieben. Langzeitstudent. Lehramtsstudium, obwohl sich Lauer seinen Sohn nicht im Unterricht vor achtzehn-, neunzehnjährigen Abiturienten vorstellen konnte.

„Hier, hör dir das an: ‚Wegen Fristüberschreitung konnte Ihre Rückmeldung nicht durchgeführt werden. Sie werden daher gemäß Paragraph 91, Absatz zwei, Universitätsgesetz mit Wirkung zum Ende des Sommersemesters exmatrikuliert…"

„Bingo", rief der Kollege von der Spurensicherung. „Schau dir das an, Leo."

„…und aus der Liste der Studierenden gestrichen.' Hörst du mir überhaupt zu?"

„Natürlich höre ich dir zu. Aber im Moment geht es wirklich nicht. Einfach unmöglich."

„Ich lasse mich nicht so einfach abwimmeln. Du weißt, dass seit Neuestem zu den üblichen Gebühren Studiengebühren erhoben werden. Und eine Säumnisgebühr wird auch fällig. Überweise mir einfach 600,– Euro. Ich versuche dann, die Exmatrikulation rückgängig zu machen."

„In Ordnung", lenkte Lauer ein.

Fabian legte endlich auf.

„Komm doch jetzt, Leo. Schau dir an, was wir da gefunden haben."

Der Kollege von der Spurensicherung wurde langsam ungeduldig.

„Ich möchte sofort zu Ihrem Vorgesetzten! Mich einfach vorzuladen. Als ob ich nichts anderes zu tun hätte. All der Ärger mit der Versicherung. Und schließlich muss ich eine neue Verkäuferin…"

Lauer öffnete die Tür.

„Schön, dass Sie so prompt kommen konnten, Herr Endres", sagte er übertrieben freundlich. „Nehmen Sie bitte Platz. Hören Sie sich erst einmal an, was wir herausgefunden haben. Sie handeln mit Lederwaren artgeschützter Tiere. Produkte aus Krokodilleder. Krokodiltaschen, Cowboystiefel aus Krokodilleder, dazu viele

Accessoires, Geldbörsen, Brieftaschen, Krokodilfüße als Schlüsselanhänger."

Endres sprang wieder auf, anscheinend seine Standardreaktion, und wollte protestieren.

„Nach Hinweisen von Herrn Ohlmann von den Tierschützern durchsuchten wir gestern Nachmittag Ihr Geschäft erneut und entdeckten hinter einem Regal in Ihrem Obergeschoss eine Tapetentür. Dahinter fanden wir einen kleinen, fensterlosen Raum, Ihr Lager. Ein ausgestopfter Kaiman mit einem Golfbag auf dem Rücken und ein Krokodil, ebenfalls ausgestopft, mit Sonnenbrille, das sich auf einem Sonnenstuhl räkelt, waren die makabersten Fundstücke. Mit Ihrer Angestellten hatten Sie ein Verhältnis. Lassen Sie mich ausreden! Auf Frau Mischkes Handy fanden wir Ihre Nummer, abgespeichert unter dem Namen Alfred. So heißen Sie doch!"

Es klopfte. Meißner streckte den Kopf zur Tür herein. Lauer winkte unwirsch ab.

„Der Obduktionsbericht", sagte Lauers Assistent und drückte ihm einige Blätter in die Hand, die Lauer überflog.

„Frau Mischke war mit der Rolle als Geliebte nicht mehr zufrieden. Sie wollte mehr, verlangte, dass Sie sich von Ihrer Frau trennen. Das war unmöglich, das Geschäft gehört Ihrer Gattin. Die konnten Sie nicht abservieren, also haben Sie Ihre Geliebte abserviert. Die drohte, bei Ihrer Frau anzurufen. Die wusste längst Bescheid. ‚Wir führen eine offene Ehe', gab Ihre Frau meinem Assistenten zu Protokoll. So einfach entlassen konnten Sie Frau Mischke trotzdem nicht, schließlich war sie in Ihre illegalen Geschäfte eingeweiht. Und Ihre Angestellte hat sich gerächt, sie hat die M.A.S.T.-Leute über Ihre Machenschaften informiert und sie am letzten Samstag nach Schließung des Geschäfts hereingelassen. Als die Stinkbomben platziert und die Tierschützer wieder weg waren, lebte Frau Mischke noch. Sie hatten das Geschäft gegen 17:45 Uhr verlassen, Kundentermin. Sie fuhren zurück, vielleicht hatten Sie Unterlagen vergessen. Gegen halb sieben kamen Sie ins Geschäft, sahen, was passiert war."

Meißner kam, ohne anzuklopfen, ins Zimmer, reichte Lauer einen Zettel, flüsterte ihm etwas ins Ohr und war schon wieder verschwunden.

„Sie waren erregt. Wahrscheinlich gab es einen Wortwechsel, ein Gerangel, Sie stoßen Frau Mischke, die rutscht aus, fällt unglücklich mit der Schläfe auf den Brunnen. Obduktionsergebnis: Bruch der Schädeldecke, Tod durch Gehirnblutung. Ich unterstelle Ihnen keinen Mord. Was Sie aber wissen sollten: Frau Mischke hätte bei schneller ärztlicher Versorgung vielleicht gerettet werden können. Als Sie bemerkt haben, dass Ihre Mitwisserin wie tot auf dem Boden lag, war Ihnen dies gar nicht so unrecht. Alle Indizien würden auf die Tierschützer hindeuten. Sie nahmen den Schlüssel Ihrer Angestellten und schlossen Ihr Geschäft ab. Es über das Wochenende offen stehen zu lassen, war Ihnen zu riskant. Den Schlüssel warfen Sie in einen Papierkorb in der Nähe."

„Das sind alles Behauptungen!"

„Nein, Herr Endres. Das sind Beweise."

Lauer wedelte mit dem Zettel, den Meißner ihm gebracht hatte.

„Ein Obdachloser, der schräg gegenüber seinen Platz zum Betteln hat, direkt vor der Grimminger-Filiale und über den Sie sich schon oft beschwerten, hat Sie gesehen, um halb sieben, als Sie kamen, und Viertel vor sieben, als Sie das Geschäft wieder verließen. Hier ist seine Aussage. Den Termin mit Ihrem Kunden haben Sie kurz nach neunzehn Uhr abgesagt und auf Montag verlegt."

„Sie haben das alles gut sortiert, Meißner. Alle Achtung! Sauber recherchiert. Alles wasserdicht!“

Lauer klopfte seinem Assistenten auf die Schulter. Der schaute nicht begeistert aus der Wäsche.

„Klar, Chef, alles sonnenklar, aber nach Ihrer Fasson.“

„Meißner, meine Fasson, Ihre Fasson. Was zählt im Leben, ist doch ganz was anderes.“

Ein Windstoß wehte durch den Flur, brachte die Tür zu Lauers Büro zum Zuknallen, wehte Lauers Lachen zum Fenster hinaus und ließ einen Kohlweißling, der sich in die Räume des Polizeipräsidiums verirrt hatte, aufflattern. Vermutlich war der Schmetterling gerade in diesem Augenblick genauso orientierungslos und verwirrt wie Lauers Assistent.

So ein Gefühl

In den ersten Tagen danach war er wie gelähmt, unfähig, einen klaren Gedanken zu fassen. Dann, mehr als eine Woche war bereits vergangen, raffte er sich auf und war in der Lage, den Brief zu schreiben.

„Nachdem der Schmerz ein klein wenig abgeklungen ist", so fing er an und zerknüllte das Blatt wieder.

„Keine Gefühle", sagte er sich.

Sachlich, überlegen sollte sein Brief klingen.

Kurz nach sieben. An der Ampel am Neckarauer Bahnhof. Ein Mann kniet auf dem Boden. 30 bis 40 Jahre alt. Braune, abgewetzte Lederjacke. Er hält eine Hand unter den Kopf eines großen, schwarzen, kurzhaarigen Hundes. Der Hund liegt bewegungslos auf dem Boden. Der Mann zittert. Der Hund ist am Kopf, vor allem um die Nase herum, blutverschmiert.

Er schrieb, wie am 27. Januar der Straßenbahnfahrer der Linie Eins, von Rheinau kommend, am Neckarauer Bahnhof um 7:14 Uhr seinen Hund Axel überfahren habe. Er schrieb, wie er zum Bäcker unterwegs gewesen sei, wie der Hund mit ihm zusammen die Schienen habe überqueren wollen. Die Fußgängerampel habe Grün gezeigt. Obwohl der Fahrer den Hund wahrgenommen haben müsse, sei er rücksichtslos und, wie er betonte, in vollster Absicht auf den Hund losgefahren. Er schrieb, Axel habe nicht den Hauch einer Chance gehabt. Er sei in seinen Armen gestorben. Vom Fahrer sei kein Wort des Bedauerns gekommen. Im Gegenteil. Er zitierte die Vorwürfe des Fahrers im Wortlaut. Der Brief endete mit der Bitte, den verantwortlichen Fahrer vom Dienst zu suspendieren.

Ihre Trauer und Ihren Schmerz beim Verlust Ihres geliebten Hundes Axel können wir gut verstehen. Wir bedauern den von Ihnen geschilderten Vorfall. Nach genauer und sorgfältiger Prüfung sind wir jedoch zu dem Schluss gekommen, dass ein Fehlverhalten unseres Fahrers nicht vorliegt. Der betreffende Mitarbeiter ist als zuverlässiger und umsichtiger Fahrer seit langen Jahren in Diensten der Mannheimer Verkehrsbetriebe. Bitte bedenken Sie auch, dass die Straßenbahn Vorrang hat. Wir werden alles in unseren Kräften stehende tun, um Sie auch in Zukunft zufrieden zu stellen.

Er ertappte sich dabei, wie er von der Arbeit kommend an einer roten Ampel die Augen schloss, das Kratzen an der Wohnungstür im Ohr, wenn er noch zwei Stockwerke tiefer war, zwei Stufen auf einmal nehmend, das Schnauben, wenn er den Schlüssel ins Schloss steckte, das Bellen endlich, wenn die Tür sich einen Spalt weit öffnete, er den Augenblick des Wiedersehens hinauszögerte, ein wenig weiter öffnete, die Schnauze, die sich dazwischendrängte, wenn Axel ihn dann endlich begrüßen konnte, sich auf die Hinterbeine erhob, ihm die Pfoten auf die Schultern legte, versuchte ihn abzuschlecken, eine Runde durch den Flur drehte, sein wedelnder Schwanz, sein ganzer Körper in Schwingung geriet, Augenblicke der Freude, was für Gefühle, Augenblicke des höchsten Glücks, jeden Abend um halb fünf. Für immer vorbei. Unwiderruflich. Als ob die Typen von den Verkehrsbetrieben seine Trauer und seinen Schmerz verstehen könnten. Als ob irgendein Mensch auf dieser Erde das könnte.

Hiermit erstatte ich namens und im Auftrag meines Mandanten Strafanzeige gegen die Mannheimer Verkehrsbetriebe und deren Straßenbahnfahrer Paul Adler, der am 27. Januar kurz nach sieben Uhr von Rheinau kommend an der Haltestelle „Neckarauer Bahnhof“ den Hund des Klägers überfuhr.

Draußen regnete es in Strömen. Ein Wetter, bei dem man keinen Hund vor die Tür jagte. Dabei hatte Axel den Regen geliebt. Wie er wedelnd im Flur stand. Wie er es nicht erwarten konnte, ins Freie zu stürmen. Wie er ausgelassen im Regen herumtollte. Er hätte es nie für möglich gehalten, dass der Verlust von Axel ihn so mitnehmen würde. Seit er ihn verloren hatte, saß er Abend für Abend in seiner leeren Wohnung, vor sich ein aufgeschlagenes Buch, in dem er gerade gelesen hatte, er wusste nicht, was. Oder der Fernseher lief, er sah hin und nahm nichts wahr. Seine Gedanken treiben fort, landen bei Axel. Er ist allgegenwärtig.

Mit Plakette, Urkunde und Ehrennadel wurde jetzt MVB-Fahrer Paul Adler als Kavalier der Straße ausgezeichnet.

„Deutlich über die Dienstpflicht hinaus müssen sich Beschäftigte im öffentlichen Dienst auszeichnen, wollen sie Kavalier der Straße werden“, stellte Wilfried Mauz fest, ehemals Polizeipräsident in Mannheim und jetzt Mitglied im Verleihungsausschuss.

„Mach emol uff, Biewel“, machten sich 52 Mitglieder der katholischen Frauengemeinschaft Sandhofen am 11.11. bei Kavalier Paul Adler bemerkbar. Gefroren hatten die Damen abends um 22 Uhr. Die Straßenbahn nach Sandhofen war ihnen gerade vor der Nase weggefahren. Paul Adler ließ sich als „Biewel“ ansprechen und chauffierte mit Zustimmung des Kollegen in der Leitstelle statt in den Feierabend die lustigen Damen in einer Sonderfahrt nach Sandhofen zur Endstation. Mit einer „Rakete“ bedankten sich die Fahrgäste noch in Sandhofen. Mit einem Leserbrief an den Mannheimer Morgen machten die Damen ihren Dank öffentlich. Und der Leserbrief flatterte auf den Tisch des Verleihungsausschusses. Der befand, dass Paul Adler für die 52 Damen ein echter Kavalier gewesen war.

Als die Straßenbahn an der Haltestelle hielt, überquerte der Kläger die Schienen. Der Hund blieb auf der anderen Seite sitzen. Gerade als ich anfuhr, pfiff der Kläger nach seinem Hund. Der stürzte plötzlich und unerwartet los. Es gab für mich keine Gelegenheit zu halten. Ich muss auch an meine Fahrgäste denken. Der Hund war übrigens nicht angeleint.

Jede Nacht wachte er auf, schreckte aus dem Schlaf hoch, hörte den dumpfen Schlag, spürte Axels Schnauze auf seiner Hand, die feinen Blutfäden, sein trauriger Blick, als ob er wüsste, sah den Fahrer vor sich in der Tür der Straßenbahn stehen, sein kalter, teilnahmsloser Blick.

„Können Sie nicht auf Ihren Hund aufpassen?"

Sein erhobener Zeigefinger.

„Das wird Folgen haben!"

Der scheinheilige, verlogene Brief der Verkehrsbetriebe.

„Bedenken Sie auch, dass die Straßenbahn Vorrang hat."

Niemand brauchte ihn zu belehren.

Ihn!

Bestimmt würde die Staatsanwaltschaft das Verfahren einstellen. Nicht ungestraft durfte er davonkommen, dieser Fahrer! Das durfte er nicht zulassen, die Gerechtigkeit musste siegen, es sollte Folgen haben, das schwor er. Vielleicht sollte er abends zwei Tabletten nehmen. Sein Arzt würde nicht begeistert sein.

Das Verfahren wird gemäß § 170 Abs. II StPO eingestellt, da die durchgeführten Ermittlungen keinen für eine

Anklageerhebung ausreichenden Tatverdacht ergaben. Nach Abschluss der Ermittlungen kann den Mannheimer Verkehrsbetrieben und deren Fahrer, Herrn Paul Adler, ein strafbares Verhalten nicht zur Last gelegt werden. Durch Verstoß gegen die Anleinpflicht trägt der Kläger einen nicht unwesentlichen Teil der Schuld an dem Unfall.

Zu einem folgenschweren Unfall kam es in den frühen Morgenstunden des gestrigen Tages in der Nähe des Neckarauer Bahnhofes. Eine 77-jährige Frau war aus noch ungeklärter Ursache in den Gleisbereich geraten und von einer Straßenbahn fünfzig Meter mitgeschleift worden. Die Frau wurde mit schweren Verletzungen ins Krankenhaus eingeliefert. Der Fahrer der Straßenbahn musste psychologisch betreut werden.

Um halb sieben war diese Absperrung noch nicht da. Das weiß ich ganz genau. Im Radio kamen nämlich die Kurznachrichten. Und da schaute ich aus dem Fenster. Kurz nach sieben sah ich dann das weiß-rote Absperrband an der Haltestelle. An dem Band hing ein weißes Schild. Auf die Entfernung konnte ich nicht erkennen, was darauf stand. Einige Meter weiter stand neben den Schienen ein zweites Schild. Auf dieses Schild war ein großes „H“ gemalt. Um das Schild standen einige Leute, die anscheinend auf die Straßenbahn warteten. Und dann fiel mir noch auf, dass auch an der richtigen Haltestelle Leute warteten. Von dem Unfall habe ich nichts mitgekriegt. Da war ich schon unterwegs, um Brötchen zu holen.

An der Haltestelle stimmte was nicht. Das war schon von Weitem klar. Es warteten viel weniger Fahrgäste als sonst. Der Ampelbereich war mit einem gestreiften Plastikband abgesperrt. Um das Schild lesen zu können, musste ich aussteigen.

„Haltestelle vorübergehend gesperrt. Bitte benutzen Sie die Behelfshaltestelle!“

Ein Pfeil deutete die Richtung an.

Reparaturarbeiten und nicht mal die Fahrer wissen Bescheid!

Ich fragte per Funk nach. Von einer Baustelle am Neckarauer Bahnhof sei nichts bekannt. Ich winkte den Fahrgästen, die weiter vorn standen, und forderte sie auf, zur normalen Haltestelle zu kommen. Es ist strikt verboten, müssen Sie wissen, Fahrgäste auf offener Strecke ein- oder aussteigen zu lassen. Alle Fahrgäste kamen meiner Aufforderung nach. Nur eine ältere Frau reagierte nicht. Sie blieb neben den Schienen stehen. Da ich schon genug Zeit verloren hatte, fuhr ich los. Als ich fast auf Höhe der Frau war, lief sie plötzlich und unerwartet auf die Schienen. Es gab für mich keine Gelegenheit zu halten.

Die Sache am Neckarauer Bahnhof war erst der Anfang! Jetzt geht es erst los! RICHTIG LOS!

Der Streit mit seiner Mutter ging ihm mächtig an die Nieren. Obwohl schon einige Tage vergangen waren. Es hatte ganz harmlos angefangen. Er war bei seiner Mutter zum Essen, wie jeden Sonntag. Schon bei der Suppe, Hühnersuppe mit selbst gemachten Markklößchen, meinte sie, er sei in der letzen Zeit so nach innen gekehrt, gar nicht mehr lebensfroh, so einsilbig und verbittert. Genau dieses Wort. Verbittert. Inzwischen waren sie beim nächsten Gang angelangt, Sauerbraten mit Kartoffelknödeln, ein Gedicht.

„Und wenn du mal den Mund aufmachst, dann höre ich nur Verkehrsbetriebe vorne, Verkehrsbetriebe hinten. So kann das doch nicht weitergehen.“

Mehrmals dieses So-kann-das-doch-nicht-weitergehen. Als er ausweichend antwortete, meinte sie, er müsse den

Tatsachen ins Auge schauen. Axel sei nun einmal kaputt, daran könne er nichts ändern. Kaputt. Genau dieses Wort. Er brauste ein wenig auf, verbat sich das Vokabular. Er solle sich nicht so hineinsteigern, entgegnete seine Mutter und trug den Nachtisch auf, Erdbeeren mit Schlagsahne. Und während sie ihm den Teller mit den Erdbeeren vollschaufelte, sagte sie, er solle sich doch einfach einen anderen Hund anschaffen. Und er solle endlich wieder eine Frau kennen lernen. Er könne nicht ewig um Ingrid trauern. Das sei sie nicht wert. Schließlich habe sie ihn mit seinem besten Freund betrogen. Das brachte das Fass zum Überlaufen. Er knallte den Löffel auf den beladenen Teller, so dass die Sahne nach allen Seiten wegspritzte, sprang auf, wobei sein Stuhl umkippte, und verließ, ohne noch ein weiteres Wort der Erklärung abzugeben, die Wohnung, seine Mutter mit weit aufgerissenen, erschreckten Augen zurücklassend. Er musste seine Gefühle besser unter Kontrolle halten, dachte er, als er in seinem Auto saß und wieder einen klaren Kopf hatte.

Ist es nicht ein Skandal, was sich in Feudenheims Hauptstraße abspielt? Da wird vor gerade einmal zwölf Monaten ein Straßenbahnteilstück umgebaut und die Straßendecke mit Pflastersteinen erneuert. Eine gelungene Arbeit. Nun wird diese Straße wieder aufgerissen und die Schienen der Straßenbahn erneuert. Hier wird Geld zum Fenster hinausgeworfen. Die Mannheimer Verkehrsbetriebe haben anscheinend genug Geld und wenn nicht, werden die Fahrpreise einfach erhöht.

Es gab einen fürchterlichen Schlag. Glas zerbrach.

Jemand schrie: „Hinwerfen! Hände über den Kopf!“ Durch die Vollbremsung purzelten wir kreuz und quer durcheinander. Es war wie in einem Actionfilm.

Mit dem Schrecken davon kamen die Fahrgäste und der Fahrer der Linie Eins gestern in den frühen Morgenstunden. Als die Straßenbahn die Fußgängerbrücke im Casterfeld passierte, schoss ein Unbekannter von der Brücke herunter auf die Straßenbahn. Dabei wurde die Frontscheibe durchschlagen. Die Kugel verfehlte den Fahrer nur knapp. Fahrgäste kamen glücklicherweise nicht zu Schaden. Der Attentäter konnte unerkannt auf dem Fahrrad entkommen.

Seine Mutter rief an, entschuldigte sich für ihre Taktlosigkeit. Sie verstehe, dass ihm die Sache mit Axel nachgehe. Er solle doch nächsten Sonntag zum Essen kommen. Es gebe Knödel. Sie würde sich sehr freuen. Sie in ihrem Alter, wer weiß, wie viel Zeit ihr noch bliebe. Und die wolle sie nicht im Streit mit ihrem einzigen Sohn verbringen. Er sei doch ihr Ein und Alles. Richtig rührend hörte sie sich an. Er sagte zu. Zum Schluss entschuldigte er sich noch für seine heftige Reaktion, obwohl er die nach wie vor für angebracht und angemessen hielt. Er konnte ihre Erleichterung am Telefon spüren. Ihr Ein und Alles. Axel war SEIN Ein und Alles! Was hätte er ohne seinen Hund gemacht, nachdem seine Frau ihn verlassen hatte?

Wer hat sich noch nicht geärgert über Straßenbahn- oder Busfahrer, die nur unfreundlich und einsilbig Auskunft geben über Fahrziele oder Umsteigemöglichkeiten? Wer hat sich noch nicht geärgert über Straßenbahnen, die einem vor der Nase wegfahren, weil der Fahrplan nicht abgestimmt ist? Da erreicht man nach grandiosem Spurt doch noch die Straßenbahn, drückt auf den Einstiegsknopf, ist stolz auf die olympiareife Leistung, da setzt sich die Straßenbahn unerbittlich in Bewegung, man bleibt allein auf dem leeren Bahnsteig zurück, ist unfähig zu schimpfen, weil es doch keiner hört, weil es einem die Sprache verschlagen hat, man frisst die Wut still in sich hinein. Wer hat solche Erlebnisse noch nicht durchlitten? Dass Menschen jetzt sogar zu Schaden kommen, dass eine Frau nach einem gewagten Bremsmanöver ambulant behandelt werden musste, dass Ende Mai gar eine 77-jährige mit schweren Verletzungen ins Krankenhaus eingeliefert wurde, das ist eine neue Qualität. Wer schützt uns vor den rowdyhaften Fahrern der MVB? Ist der Fahrgast denn kein König mehr?

Zu einem tragischen Unfall kam es gestern Morgen gegen zehn Uhr auf Höhe einer Baustelle zwischen zwei Haltestellen in der Neckarauer Straße. Die Mannheimer Verkehrsbetriebe führen dort den behindertengerechten Umbau dieser Haltestellen durch, wir berichteten darüber. Aus noch ungeklärter Ursache entgleiste die aus der Innenstadt kommende Bahn der Linie Eins. Drei Insassen der Bahn, darunter der Fahrer, wurden schwer verletzt und schweben immer noch in Lebensgefahr. Mehr als dreißig Fahrgäste mussten ambulant behandelt werden. Über die Ursachen des Unglücks herrscht Unklarheit. Die Baufirma weist jegliche Verantwortung weit von sich.

„Unsere Firma hat sich peinlich genau an die Sicherheitsrichtlinien gehalten“, betonte der Sprecher der Baufirma.

Die Knödel waren ein Gedicht. Keine Diskussion. Er würde sie schmerzlich vermissen. Aber er sollte verdammt sein, wenn er jemals in seinem Leben noch einen davon anrührte. Es hatte alles ganz harmlos angefangen. Sie gaben sich beide Mühe, klammerten gefährliche Gesprächsthemen aus, konzentrierten sich auf Allgemeinplätze, das Essen, das Wetter, seine Arbeit, die Gesundheit seiner Mutter. Dann erzählte sie, sicherlich ohne Hintergedanken und ohne groß nachzudenken, dass sie in der letzten Zeit Angst habe, mit der Straßenbahn zu fahren. Man lese so viel Schreckliches. Die Fahrgäste seien ihrer Gesundheit nicht mehr sicher. Es war sein Fehler, er gab es zu, er hätte ruhig sein sollen. Aber nein, er musste voll aufdrehen, musste die Vorkommnisse in breiter Ausschmückung schildern, seine Mutter wurde ganz ruhig, er merkte nichts. Axels Tod, seine kaltblütige Ermordung durch den Straßenbahnkiller, sein vergebliches Bemühen um Gerechtigkeit, sein Hass auf die Verkehrsbetriebe. Er schwor Rache, schreckliche Rache. Inzwischen hatte er Messer und Gabel aus der Hand gelegt, war aufgestanden, seine Stimme überschlug sich. Dann sah er Mutter, sie war auf ihrem Stuhl zusammengesunken, hatte ihr Gesicht in den Händen vergraben. Er kam schlagartig zur Besinnung, wollte den Arm um Mutters Schulter legen, sie schüttelte ihn ab, sprang hoch, zeigte mit dem Finger auf ihn. Er sei ein Querulant, hätte sich verrannt, sie kenne ihren Sohn nicht mehr. Mit einem Sohn, der seinen Verstand verloren habe, wolle sie nichts mehr zu tun haben. Damit verließ sie das Esszimmer und schloss sich im Bad ein. Er sank auf seinen Stuhl zurück. Erst jetzt wurde ihm bewusst, was er mit seiner gerechten Anklage gegen die Verkehrsbetriebe angerichtet hatte. Er konnte es nicht glauben, dass er so die Kontrolle verloren hatte. Ihm war klar, dass er einen Fehler begangen hatte. Anstatt ruhig und gelassen zu reagieren, hatte er sich von seinen Gefühlen leiten lassen. Es hätte nicht viel gefehlt und er hätte seiner Mutter gebeichtet, wer hinter den Anschlägen stand. Andererseits war es ihm nicht möglich, ihre Reaktion nachzuvollziehen. Eigentlich, dachte er, müsste sie doch seine Verbitterung, seinen Wunsch nach Gerechtigkeit verstehen. Er wusste nicht, wie lange er im Esszimmer gesessen hatte. Endlich erhob er sich. Aus dem Bad drang kein Laut. Wortlos zog er die Tür hinter sich zu.

Eine Dankeschön-Party besonderer Art erlebten die MVB-Kunden, die schon seit zehn Jahren ohne Unterbrechung im Besitz einer Jahreskarte sind. Als Dank für die Treue waren sie einen Tag lang Gäste der MVB-Abteilung Verkauf und Vertrieb. Unter dem Motto „Vom Sterngucker zum Weinschlucker“ startete die Gruppe im Planetarium zu einem Ausflug in die Welt der Sterne. Wieder auf der Erde gelandet düsten die Teilnehmer in MVB-Bussen zu einem Weingut in der Nähe von Bad Dürkheim an der Weinstraße. Bei exzellenter Verpflegung sorgten mittelalterliche Gaukler und ein grandioser Alleinunterhalter für Spaß und gute Laune.

Die beiden Fahrgäste und der Fahrer, die bei der Entgleisung einer Straßenbahn am 4. September lebensgefährlich verletzt worden sind, sind inzwischen außer Lebensgefahr. Die Polizei schließt einen Sabotageakt nicht mehr aus. Mit Rücksicht auf die laufenden Ermittlungen wurden keine weiteren Angaben gemacht.

Initiative zum Fahrgastschutz. Gegen Missbrauch und Willkür der MVB! Gegen selbstherrliche Fahrer! Wir fordern: Veröffentlichung aller Verfehlungen! Entlassung unfähiger Fahrer! Boykott der MVB! Wir treffen uns: Jeden ersten Montag im Monat in der Gaststätte „Deutscher Michel“ in der Neckarstadt.

Erbitte dringend Rückmeldung in der Sache gegen die MVB. Soll die Zivilklage aufrechterhalten werden? Rate davon ab. Sehe kaum Erfolgsaussichten.

Am Telefon ist der Andy. Ich wünsche mir “Always Look At The Bright Side Of Life”. Ich und meine Kollegen von der Fahrbereitschaft grüßen recht herzlich unseren Kumpel Paul, der nach einem Dienstunfall mit schweren Verletzungen im Krankenhaus liegt. Paule, halt die Ohren steif! Am Telefon war der Andy.

Ihre Einschätzung zur Zivilklage teile ich. Ziehen Sie zurück!

Übrigens stehen die Mannheimer Verkehrsbetriebe zurzeit mächtig unter Druck. Fahrgäste beschweren sich in einer wahren Leserbriefflut. Mehrere Unfälle mit Personenschaden und einem Todesopfer waren zu vermelden.

Bei alledem sollten wir nicht vergessen, dass jeden Tag viele tausend Bürger unserer Stadt pünktlich zu ihrer Arbeitsstelle, zum Einkauf, in die Schule, zum Rendezvous gebracht werden. Die große Mehrheit ist mit dem Service der MVB zufrieden. Dass Miesmacher versuchen, noch schnell auf das Trittbrett aufzuspringen, zeigt eine ominöse Anzeige, die vor zwei Tagen in unserer Zeitung veröffentlicht wurde. Leider veröffentlicht wurde, müssen wir selbstkritisch vermerken. Eine „Initiative zum Fahrgastschutz“ rief zum „Boykott der MVB“ auf, warb um Mitglieder und lud zu monatlichen Treffen im „Deutschen Michel“ in der Neckarstadt ein. Wer sich ein wenig in Mannheims Gaststättenszene auskennt, weiß, dass es in der Neckarstadt keinen „Deutschen Michel“ gibt. Den gab es einmal, lang ist es her, in Feudenheim, aber wer weiß das noch?

Wohnung zum Jahresende kündigen! Dauerauftrag nicht vergessen! Telefon abmelden! Erholungsurlaub ab 16.12. einreichen. Und Mutter?

Sehr geehrter Herr Adler, im Verlauf dieses Jahres ist es bei Ihren Diensteinsätzen zu einer bedenklichen Häufung von Zwischenfällen gekommen. Enormer Sachschaden, mehrere Verletzte, Schwerverletzte waren zu beklagen.

Wir laden Sie deshalb zu einem Gespräch in die Personalabteilung ein. Finden Sie sich bitte am 19. Dezember um 10:30 Uhr im Zimmer 314 ein.

„Fröhliche Weihnachten hin und zurück“ lautete auch in diesem Jahr wieder das Motto des kostenlosen „Park und Ride“-Angebots der Mannheimer Verkehrsbetriebe (MVB). Die Ernüchterung folgte schnell. Am ersten Adventswochenende nutzten 1618 Fahrgäste den Service im 10-Minuten-Takt, immerhin 600 weniger als beim ersten langen Weihnachtssamstag des Vorjahres. Winfried Delling von der Marketingabteilung der MVB schaute am ersten Adventssamstag ziemlich nachdenklich in die Kamera.

„Wir hatten deutlich mehr erwartet“, meinte er zerknirscht.

Hinzu komme, dass die MVB dieses Jahr den kostenlosen Service aus eigener Tasche bezahlen müsse. Der bisherige Sponsor sei abgesprungen. Kein Werbenutzen, so laute die lapidare Begründung. Da die MVB in der kurzen Zeit keinen neuen Partner finden konnte, „da haben wir das halt alleine gemacht. Schließlich hat die Weihnachtsaktion in Mannheim ja schon Tradition.“ So der Marketing-Experte. Nach dem letzten Wochenende scheint diese Aussage Schnee von gestern. Nur 909 Fahrgäste ließen sich kostenlos befördern. Mehr als die Hälfte weniger als im Vorjahr. Kurzerhand strich die MVB die weihnachtliche Zusatzleistung.

„Wir mussten die Kostenbremse ziehen“, erklärte Delling unserer Zeitung gegenüber.

Natürlich habe „Park und Ride“ unter Umweltgesichtspunkten seine Berechtigung.

„Die Käufer haben mit ihren Autos abgestimmt. In diesem Jahr hat die Ökonomie über die Ökologie gesiegt.“

Klang da nicht eine Spur von Resignation aus den Worten des Marketing-Mannes?

Wir teilen Ihnen hiermit mit, dass Herr Paul Adler bei seinem Gespräch am 19. Dezember von einem Rechtsschutzvertreter der Gewerkschaft verdi begleitet wird. Dies geschieht auf Wunsch des Kollegen Adler. Gleichzeitig möchten wir Ihnen unsere Verwunderung zum Ausdruck bringen, dass ein unbescholtener Kollege nach einer langen und schweren Krankheit infolge eines Dienstunfalls zum Verhör zitiert wird.

Morgen Kinder wird's was geben!

Gerold, falls du zu Hause bist, bitte geh' ans Telefon. So kann es nicht weitergehen. Ich habe in deiner Firma angerufen. Die haben mir gesagt, du hast Urlaub bis Ende Januar. Warum hast du mir denn nicht erzählt, dass du eine große Reise planst. Warum hast du dich nicht mehr bei mir gemeldet? Seit Juli habe ich nichts mehr von dir gehört. Ich bin eine alte Frau. Wer weiß, wie lange Zeit mir noch bleibt. Die wenige Zeit, die ich noch habe, will ich nicht mit Streit vergeuden. Gerold, lass uns Frieden schließen. Weihnachten steht vor der Tür. Das Fest der Liebe, das Fest des Friedens. Was damals im Sommer passiert ist, es tut mir leid. Vielleicht war ich zu heftig. Ich will mich bei dir entschuldigen. Nur, Gerold, sei wieder gut mit mir. Ich möchte dich zu Weihnachten einladen. Zum Mittagessen am ersten Weihnachtsfeiertag, mit Knödeln und allem, so wie du es magst. Und wenn du willst, kannst du auch Heiligabend bei mir vorbeischauen. Ich würde mich freuen. Unter dem Weihnachtsbaum liegen deine Geschenke. Bitte, Gerold, ruf an! Enttäusche deine alte Mutter nicht.

Es gibt Zeitgenossen, die machen sich einen Sport daraus, schwarz Straßenbahn zu fahren. Gab es im vergangenen Jahr 9421 registrierte Schwarzfahrer, so stieg die Zahl dieses Jahr bis Ende November auf 13 998. Und noch fehlt bei dieser Statistik der Dezember. „Schwarzfahrer treiben es immer bunter", meint deshalb Doris Kleinschmidt und spricht von einem Millionenschaden für die MVB. Dass die Statistik dieses Jahr so hochschnellte, daran ist Wolfgang Landgraf, den ich am Telefon begrüßen darf, nicht ganz unschuldig. Er ist passionierter Schwarzfahrer und möchte ins Guinness-Buch der Rekorde.

„Herr Landgraf, wie oft sind Sie beim Schwarzfahren erwischt worden?"

„Letzte Woche war's das 49. Mal. Aber die Trefferquote ist erschreckend niedrig. Um auf diese Rekordzahl zu kommen, musste ich viele tausend Mal ohne Fahrschein unterwegs sein."

„Und nie richtig Ärger mit den Kontrolleuren gehabt?"

„Im Gegenteil. Wir kennen uns inzwischen richtig gut, begrüßen uns mit Handschlag. Meine Personalien haben die meisten im Kopf. Einige habe ich schon zu einem Bier eingeladen."

„Und jetzt wollen Sie ins Buch der Rekorde."

„Genau. Fünfzig ist eine runde Zahl, ein Jubiläum der besonderen Art. So bald ich zum 50. Mal erwischt werde, ist es so weit. Aber das ist gar nicht so einfach. Im Moment glaube ich, machen die Kontrolleure einen großen Bogen um mich."

Gleich ist es so weit! Das wird eine Bescherung! Die werden Sie so schnell nicht vergessen! Frohe Weihnachten!

Immer wieder musste er an den Rosshändler denken, der an den Ufern der Havel gelebt hatte, Sohn eines Schulmeisters, *einer der rechtschaffensten, zugleich entsetzlichsten Menschen seiner Zeit,* unter seinen Nachbarn wegen seiner Wohltätigkeit und seiner Gerechtigkeit geschätzt. *Das Rechtsgefühl aber hatte ihn zum Räuber und Mörder gemacht.* Damals, als sie in der Schule die Geschichte des Rosshändlers gelesen und seine Mitschüler sich über die langweilige Lektüre lustig gemacht hatten, war er beeindruckt gewesen, wie dieser außergewöhnliche Mann sich Genugtuung für erlittene Kränkungen verschafft hatte. Ihm fühlte er sich von Tag zu Tag näher. Mit dem Gedanken an ihn betrat er die Straßenbahn. Keine Gefühle, die ihm gefährlich werden konnten. Er hatte alles unter Kontrolle. Eine Gelassenheit breitete sich aus, eine Gelassenheit, die ihn auffing, die ihn umhüllte, ihn erfüllte, eine Gelassenheit, nach der er sich zeit seines Lebens gesehnt hatte.

Wir unterbrechen unser Musikprogramm für eine aktuelle Meldung. Nach noch unbestätigten Informationen kam es auf der Neckarauer Straße zu einem schweren Unglück. Eine vollbesetzte Straßenbahn soll explodiert sein. Es soll Tote gegeben haben. Der Verkehr in beiden Richtungen ist zusammengebrochen. Wir halten Sie auf dem Laufenden.

Tragödie in der Neckarauer Straße. Unglücksort weiträumig abgesperrt. Nachrichtensperre verhängt. Haltestelle am Neckarauer Bahnhof vollkommen zerstört. Krankenhäuser überfüllt. Verkehrschaos auf den Ausfallstraßen. Anscheinend kein Unglücksfall. Möglicherweise Bombenanschlag. Näheres wollte Kriminalhauptkommissar Lauer, Leiter der Sonderkommission MVB, bei einer ersten improvisierten Pressekonferenz in den Räumen des IB-Berufsbildungszentrums in der Rheintalbahnstraße noch nicht sagen. Motive und Täterkreis seien vollkommen unklar. Weitere Stellungnahme abgelehnt. Attentäter angeblich unter den Opfern. Nach offiziellen Mitteilungen zweiunddreißig Tote. Zahl der Opfer nach unbestätigten Quellen höher eingeschätzt. Heute Morgen zwei weitere Bombenopfer ihren Verletzungen erlegen. Oberbürgermeister spricht von größter Weihnachtstragödie in der Nachkriegsgeschichte. Trauerbeflaggung bis in den Januar hinein.

SIE-SIND-VERBUNDEN-MIT-DEM-ANSCHLUSS-VON-GEROLD-BAUMANN-ICH-BIN-NICHT-ZU-ERREICHEN

Bislang 34 Menschen mussten ihr Leben lassen bei einem Bombenanschlag auf eine Straßenbahn der Mannheimer Verkehrsbetriebe. MVB-Geschäftsführer Walther Hahn sprach vom schrecklichsten Unglück in der Geschichte der Mannheimer Verkehrsbetriebe. Erst nach und nach werden Einzelheiten der sogenannten „Neckarauer Tragödie“ bekannt.

18. Dezember, 16:26 Uhr. Auf Höhe der Haltestelle „Neckarauer Bahnhof“ detoniert ein Sprengsatz in der stadtauswärts fahrenden, voll besetzten Straßenbahn der Linie EINS. Selbst auf dem Almenhof zersplittern Fensterscheiben. Achtundzwanzig Insassen der Straßenbahn, zwei Passanten und zwei Autofahrer sind auf der Stelle tot. Die Zahl der Schwerverletzten liegt bei weit über hundert. Viele der Verletzten schweben noch in akuter Lebensgefahr.

Fest steht, dass der Fahrer der Straßenbahn bei dem Anschlag ums Leben kam. Das Zentrum der Explosion müsse sich im vorderen Teil der Bahn befunden haben, glaubt ein Bombenexperte des Technischen Hilfswerks nach ersten Auswertungen der Explosionswirkung. Kriminalhauptkommissar Lauer von der Sonderkommission MVB schließt nicht aus, dass der Bombenleger sich unter den Opfern befindet.

„Vielleicht haben wir es mit einem Selbstmordattentäter zu tun“, mutmaßte der Kommissar.

Die Motive der Tat liegen im Dunkeln. Weder bei den Mannheimer Verkehrsbetrieben noch bei den Medien sei ein Bekennerschreiben eingegangen.

Das für den 23. Dezember im Capitol geplante Konzert von Guru Guru wird auf einen späteren Zeitpunkt verschoben. Die Karten behalten ihre Gültigkeit.

KEIN-ANSCHLUSS-UNTER-DIESER-NUMMER

Es gilt als sicher. Der Attentäter war unter den Opfern. Er trug die Bombe an seinem Körper. Der Polizei ist es bisher noch nicht gelungen, den Täter zu identifizieren. Auch ist es nicht klar, ob der Bombenleger wegen eines technischen Defektes oder mit Absicht ums Leben kam.

Zufrieden äußerte sich der Einzelhandel über den Verlauf des Weihnachtsgeschäftes. Die Hoffnungen seien weitgehend erfüllt, in vielen Bereich sogar deutlich übertroffen worden. Die Straßenbahntragödie mit ihren inzwischen 37 Todesopfern habe keinen negativen Einfluss auf das Kaufverhalten ausgeübt. Im Gegenteil. Gerade nach dem 18. Dezember habe der Umsatz noch einmal kräftig angezogen.

The Great Rock'n Roll Swindle

Wir mussten ruhig sein. Tom hatte es uns eingebläut.

„Denkt an die Mikros."

In der Halle war es stickig. Sie war hoch, ziemlich groß, weiß gekalkt und leer bis auf einige verbeulte Blechspinde, die an den Wänden standen. Bestimmt hatten hier früher die Arbeiter ihre Habseligkeiten verstaut. Über der Bühne brannte ein rötliches Licht, das mich an das Licht denken ließ, das für die Ferkelaufzucht Verwendung findet. Trotz dieser riesigen Halle kam Tom mir imposanter vor, als ich ihn von früher her in Erinnerung hatte. Und seine Stimme klang anders, als er uns sagte, dass wir ja ruhig sein sollten. Eine Stimme, die gewohnt war, Anweisungen zu geben, nicht das unsichere Stottern von früher.

Tom hätte sich den Hinweis sparen können, aber er war nun mal ein Perfektionist und die Mikrofone waren bereits eingeschaltet. Die Atmosphäre in der alten Fabrikhalle beeindruckte uns dermaßen, dass wir nicht im Entferntesten auf die Idee gekommen wären, auch nur einen Laut von uns zu geben. Wir waren im Backstagebereich untergebracht. Ganz in unserer Nähe befand sich ein Aufzeichnungsmikro. Tom hatte mit der Plattenfirma einen Exklusivvertrag zur Vermarktung des Konzertes abgeschlossen. Die Nachricht vom Konzert hatte sich wie ein Lauffeuer verbreitet. Kein Plakat, keine Werbeanzeige war nötig gewesen. Mund-zu-Mund-Propaganda hatte ausgereicht. Wie immer. Und wie immer war es brechend voll. Eine unnatürliche Stille lag über der Halle. Ab und zu Räuspern, Hüsteln, Flüstern, Füßescharren. Ansonsten herrschte Ruhe. Anders als bei all den anderen Konzerten, die wir hier schon erlebt hatten. Meist war der Lärmpegel vor einem Konzert unerträglich hoch.

Und selbst wenn Tom ans Mikro trat, um den Gig mit dem immer gleichen „Ladies and gentlemen, we proudly present…" und so weiter zu eröffnen, kehrte kaum Ruhe ein. Heute war es anders. Die Leute waren mehr oder weniger still. Zu sagen, man könne eine Stecknadel fallen hören, wäre übertrieben gewesen, aber es ging in die Richtung. Alle, auch wir, hatten das Gefühl, dass etwas wirklich Großes bevorstand. Und wir waren dabei. Niemand wusste, wer heute Abend auftreten sollte. Niemand außer Tom.

Sein Vater, Landwirt mit Leib und Seele, hatte vor drei Jahren den Bettel hingeworfen und eine satte EU-Stilllegungsprämie kassiert. Das Geld hatte sich Tom unter den Nagel gerissen und die leerstehende Fabrikhalle auf der Friesenheimer Insel billig erworben und zu einem Veranstaltungsort erster Güte umgestaltet. Da, wo früher die Arbeiter im Schweiße ihres Angesichtes die Drehbänke und Fräsen bedient hatten, lag jetzt das Prunkstück der Halle, eine moderne Bühne mit einem Soundequipment vom Feinsten. Regionale Bands, ab und zu ein Topact und jedes Jahr ein Überraschungskonzert, ein so einfaches wie geniales Konzept, das voll aufging. Während wir fleißig studierten und auf unsere Karrieren als Studienräte, Rechtsanwälte und Ingenieure hinarbeiteten, hatte Tom, den wir seit der Grundschule kannten, sein Studium geschmissen und scheffelte als selbsternannter Eventmanager das große Geld. Tom, der uns gerade noch aufgefordert hatte, ruhig zu bleiben, reckte uns jetzt seinen Daumen entgegen. Und mit einem leisen „Das werdet ihr nie vergessen" ging er nach vorne auf die Bühne. Das Konzert sollte der absolute Knaller werden. Aber das wussten wir in diesem Moment noch nicht. Kribbelig fieberten wir dem Anfang entgegen. Wir waren dabei.

„Wer ist denn das?“

„Wo hat er die ausgegraben?“

„Will der uns verscheißern?“

„Sind wir hier im Altersheim?“

Das waren die ersten Kommentare, die laut wurden, als Tom die Band des Abends ansagte. Vereinzelt ertönten Pfiffe und Buhrufe. Dann betraten zwei grauhaarige Herren jenseits der Sechzig die Bühne und legten mit ihren nur wenig jüngeren Kollegen an Schlagzeug und Bass los, was das Zeug hielt. Der Sänger, trotz unübersehbarem Bauchansatz, hatte sein Macho-Gehabe perfekt konserviert. Der Gitarrist malträtierte mit unbewegter Miene seine Gitarre. Erstaunlich schnell schlug die anfängliche Ablehnung in Begeisterung um. Bei „Endless Wire“, dem Titelstück der neuen CD, war die Halle am Brodeln. Welturaufführung! Seit 24 Jahren die erste CD. Und wir waren dabei! Und nicht in London oder in sonst einer Metropole. Nein, hier in Mannheim, auf der Friesenheimer Insel, da, wo Fuchs und Hase sich gute Nacht sagen. The Who stellten ihre neue CD vor. Und wir waren dabei! Als im Zugabenteil „My Generation“ erklang, schloss ich die Augen und glaubte John Enwistle am Bass und am Schlagzeug Keith Moon zu hören. Die beiden prosteten sich bestimmt in diesem Moment im Rockhimmel mit gut gefüllten Whisky-Gläsern zu, nickten anerkennend und grinsten sich einen.

Eine Zugabe jagte die andere. Die alten Herren legten eine unglaubliche Kondition an den Tag. Dann überschlugen sich die Ereignisse. Pete Townshend schlug die ersten Akkorde an, Roger Daltrey setzte verhalten ein. Der erste Refrain kam noch zaghaft.

„I’m a boy, I’m a boy, I’m a…“

Weiter kam er nicht. Unbehelligt von den Bodyguards stürmte ein junger Mann, den ich vor dem Konzert zufällig mit Tom gesehen hatte, auf die Bühne, zog eine Pistole und richtete sie auf Daltrey, der das Mikro fallen ließ.

„Von wegen ein kleiner Junge, du alter Sack! Jung wolltest du abtreten! Wird Zeit, dass das endlich nachgeholt wird!“, schrie der Mann und dann schoss er drei Mal. Daltreys Gesichtsausdruck war unschwer zu deuten, ein Ausdruck zwischen Angst, Verwunderung und ungläubigem Staunen. Sein Hemd färbte sich rot, er griff sich an die Brust und sank in Zeitlupe und eine Spur zu theatralisch, wie ich fand, zu Boden. Aber Daltrey liebte ja schon immer das Theatralische. Im Saal herrschte wieder Totenstille. Inzwischen polterten die Bodyguards auf die Bühne, aber der junge Mann war schon im hinteren Bühnenbereich verschwunden. Kurze Zeit später wurde Daltrey von einem Notarzt versorgt. Als das Großaufgebot von Polizei endlich zur Stelle war und die Halle und die Umgebung hermetisch abriegelte, war ein Rettungshubschrauber mit dem angeschossenen Sänger der Who längst im Provinzhimmel entschwunden. Von allen Konzertbesuchern wurden in aufwändiger Prozedur die Personalien aufgenommen. Und das dauerte ewig. Kein Wunder bei mehr als 1500 Besuchern. Es dämmerte schon, als wir endlich ins Freie kamen. Vor der Halle war noch immer der Teufel los. Der Stand, an dem die neue CD der Who verkauft wurde, war dicht umlagert. Den Verkäufern wurde die Scheibe förmlich aus den Fingern gerissen. Ich reihte mich ein in die lange Schlange. Als ich kurz nach sechs endlich an die Reihe kam, zuckte der Typ hinter dem Stand mit den Schultern.

„Ausverkauft.“

Der Mordanschlag beim Konzert beherrschte die Medien. Alle Sender, alle Zeitungen, alle Magazine waren voll davon. Das Management ließ Informationen nur spärlich fließen. Erst zwei Tage später sickerte durch, dass Daltrey in eine Spezialklinik nach England geflogen worden war. Angeblich sollte er im Koma liegen. Nach vier Tagen kam das Gerücht auf, dass Daltrey gestorben sei. Erst nach einer Woche wurde sein Tod auch wirklich in einem dürren Kommuniqué bestätigt. Nachrufe wurden pausenlos gesendet. Pete Townshend und die anderen Bandmitglieder konnten sich vor Interviewanfragen kaum retten. Die neue CD der Who schlug alle Verkaufsrekorde. Die Nachfrage übertraf alles. Die Plattenfirma kam mit dem Produzieren nicht nach, so gigantisch hoch waren die Bestellungen. Die Server der Internettauschbörsen brachen vor Überlastung zusammen. Nach acht Wochen war „Endless Wire" das mit Abstand am meisten verkaufte Album aller Zeiten. Beatles und Stones, früher in der Popularität immer einen Tick vor den Who, landeten weit abgeschlagen auf den Plätzen. Selbst Elvis Presley und Michael Jackson wurden übertrumpft. Genauso schlug die DVD mit dem Livemitschnitt des Konzertes ein. Absoluter Höhepunkt war der Moment, als Daltrey von den Schüssen getroffen wurde, eingefangen von sieben Kamerapositionen. Die Sequenz wurde mehrmals wiederholt, zuletzt in Superslowmotion. Und Tom war am Verkauf der DVD beteiligt. Die Suche nach dem mutmaßlichen Mörder verlief weiter ergebnislos. Er schien wie vom Erdboden verschluckt.

Zehn Wochen nach dem denkwürdigen Konzert, die Hysterie hatte sich immer noch nicht gelegt, schickte uns Tom eine SMS.

„Morgen Abend – 22 Uhr – alte Halle – Bombe platzt – unbedingt kommen."

Wir dachten an das letzte Konzert. Die endlose Warterei. Wir hatten keine Lust auf einen ähnlichen Verlauf des Abends. Insbesondere waren wir nicht scharf darauf, ein weiteres Mal erkennungsdienstlich behandelt zu werden. Und die Formulierung in Toms SMS schürte diese Befürchtung. Aber unsere Neugier war zu groß. Es ist ein tolles Gefühl sagen zu können: Wir sind dabei! Natürlich würden wir hingehen. Natürlich würden wir uns wieder auf den Weg machen, würden die Diffenébrücke überqueren, immer geradeaus fahren, an der Max-Planck-Straße abbiegen.

Wieder ist die Halle brechend voll. Wieder ist die Bühne in rötliches Ferkellicht getaucht. Wieder steht Tom vor dem Konzert bei uns. Aber sonst ist alles anders. Kein Hinweis, dass wir ruhig sein sollen. Die Stimmung in der alten Halle ist aufgekratzt, der Lärmpegel hoch, so wie wir das kennen. Wir stehen vor der Bühne, dicht eingezwängt unter den anderen Besuchern. Tom steht bei uns und macht keine Anstalten, sich zur Bühne vorzukämpfen. Er bleibt bei uns, macht einen entspannten, um nicht zu sagen abgeklärten Eindruck. Alle Fragen zum Konzert des Abends blockt er lächelnd ab, wechselt das Thema, fragt uns nach Prüfungen und Zukunftsperspektiven, nach Ehefrauen und Freundinnen, verflossenen und aktuellen. Dann wird es plötzlich ruhiger, vereinzelt klatschen einige. Die Aufmerksamkeit drängt förmlich zur Bühne. Dort muss sich etwas tun. Ein Raunen geht durch die Halle. Im ersten Moment sehe ich nichts. Ich drängle mich ein wenig nach vorne, gar nicht so einfach bei der Enge, stelle mich auf die Fußspitzen und habe endlich das Mikrofon einigermaßen im Blick. Dahinter steht der junge Mann, der Roger Daltrey mit drei Schüssen aus nächster Nähe niedergestreckt hat. Er trägt keine Handschellen. Er tritt nicht in Begleitung von schwer bewaffneten Polizisten auf die Bühne. Er ist frei. Er strahlt über das ganze Gesicht. Und seine Eröffnung ist auch anders, nicht dieses alberne „Ladies and gentlemen“ von Tom, nein, der junge Mann bringt seine Ansage ganz schlicht hinter sich.

„Leute, begrüßen wir die Who!“

Und schon sitzt Zakk Starkey an seinem Schlagzeug, Bassist Pino Palladino fingert am Verstärker herum, Pete Townshend schnallt sich den Gitarrengurt um und Roger Daltrey, wir glauben unseren Augen nicht zu trauen, reicht seinem Mörder die Hand. Dann präsentiert die meist verkaufte Band der Welt das meist verkaufte Album aller Zeiten zum zweiten Mal. Und wieder in Mannheim, und wieder mitten auf der Friesenheimer Insel. Und wieder sind wir dabei.

Sein letzter Auftrag

Sich in einem Hotelzimmer verkriechen, auf dem Bett lümmeln, in der Bar einen Whisky bestellen oder zwei, ein paar Seiten lesen. Die Vorstellung gefiel ihm. Seine Verspannung im Schulterbereich löste sich. Eine Schnapsidee, noch an diesem Abend weiterfahren zu wollen. Sein Auftrag lief nicht weg. Er hatte Zeit. Niemand hetzte ihn. Er würde morgen früh erst weiterfahren. Die Welt würde dann wieder ganz anders aussehen. Das Gewitter konnte nicht ewig dauern.

Es sollte sein letzter Auftrag sein. Definitiv. Es war an der Zeit. Er wusste es. Noch einmal, dann war Schluss. Wie immer hatte er den Auftrag mit der Post zugesandt bekommen. Ein Foto, ein Name, eine Adresse. Ein gut dotierter Scheck, einlösbar nach erfolgreichem Abschluss. Er hatte genug Geld zurückgelegt. Er konnte sich zur Ruhe setzen. Die Frau dort an der Bar, die mit den langen, dunklen Haaren und der Sonnenbrille, sie kam ihm bekannt vor. Wo hatte er sie schon einmal gesehen? Er winkte dem Barkeeper.

„Noch einen Whisky?"

Er nickte.

„Ohne Eis?"

Er nickte wieder.

„Bitte sehr. Ohne Eis, ohne Soda."

Die Frau an der Theke. Es fiel ihm nicht ein, woher er sie kannte. Er musste aufpassen, dass er heute Abend nicht versackte. Morgen musste er fit sein. Er trank den Whisky aus, legte einen Schein auf die Theke und nickte dem Barkeeper zu. Er würde früh zu Bett gehen. Den Schlaf konnte er gebrauchen. Der Regen peitschte gegen die Fensterscheiben, als er im Bett lag. Das Wetter wird besser, dachte er, kurz bevor ihm die Augen zufielen.

Am nächsten Morgen war der Himmel blau wie nie zuvor. Das Schmuddelwetter war Vergangenheit. Er fuhr früh los. Er wollte vor Mittag ankommen, sich die Umgebung ansehen, alles genau und sorgfältig planen. So wie immer. Sein letzter Auftrag. Candice Berger, wohnhaft in Heidelberg, 21 Jahre, mein Gott, blutjung. Kurzes, blondes Haar, eins siebzig groß, schlank, grüne Augen. Wie immer wusste er nicht, warum er sie aus dem Weg schaffen sollte. Wie immer nahm er sich vor, seinen Auftrag, ohne ein Wort zu verlieren, auszuführen. Das hatte er bisher immer so gehandhabt. Irgendwann hatte er das unbestimmte Gefühl, verfolgt zu werden. Er nahm den Fuß vom Gas und schaute in den Rückspiegel. Der Sportwagen kam näher und zog vorbei. Die Autobahn hinter ihm war nun leer. Er musste sich getäuscht haben.

Sie tritt auf den Balkon. Sie trägt ein langes, rotes Kleid. Langsam geht sie zum Geländer vor. Sie zittert wie das letzte Blatt im Herbstwind. Ich lasse sie meine Schritte hören. Sie erstarrt, aber nur für einen Augenblick. Ich frage sie, ob sie eine Zigarette möchte. Sie sagt, gerne, warum nicht? Sie fragt mich, ob ich mich auf der Party genauso langweile wie sie. Ich sage, dass ich nicht wegen der Party hier sei, sondern wegen ihr. Dass ich sie schon seit Tagen beobachte. Dass sie alles sei, was ein Mann sich wünschen könne. Ich gebe ihr Feuer. Dass es nicht nur ihr Gesicht sei, ihre Stimme, ihre Figur. Ich sage ihr, es seien ihre Augen, ihre grünen Augen. Sie fragt mich, während sie sich von mir wegdreht, was ich denn sehe in ihren Augen. Ich sage ihr, dass ich eine seltsame Ruhe sehe. Dass sie das Weglaufen satt habe. Dass sie bereit sei, sich den Dingen zu stellen. Dass sie dabei nicht allein sein wolle. Sie sagt mir, während sie sich mir wieder zudreht, dass es stimme, dass sie nicht allein sein wolle. Die Luft ist wie elektrisiert. Als ich sie in den Armen halte, ist sie weich und warm und federleicht. Ihr Duft ist wie ein Versprechen, das mir Tränen in die Augen treibt. Sie legt den Kopf an meine Schulter. Ich sage ihr, dass alles gut werde. Dass ich sie beschützen werde. Dass ich ihr die Angst nehmen werde. Dass ich sie weit weg von hier bringen werde. Wie wahr! Sie lächelt. Dann legt sie den Arm um mich und küsst mich. Ich sage ihr, dass ich sie liebe. Für immer. Für immer sei genug, flüstert sie. Der Schalldämpfer verwandelt den Schuss in ein Flüstern. Ich halte sie fest bis zum Ende. Ich werde nie erfahren, wovor sie weglief. Morgen werde ich den Scheck für sie einlösen…

Tagträume. Was ihm so durch den Kopf ging, während er die Autobahn entlangfuhr. Der Verkehr hatte sich ein wenig verdichtet. Gleich hatte er wieder das Gefühl, verfolgt zu werden. Musste er auf seine alten Tage sentimental werden? Sich auf ein Gespräch einlassen! Gefühle zeigen! Ihr sagen, dass er sie liebe! Bei einem Auftrag! Kaum auszuhalten. Oberstes Prinzip in seinem Job: keine Gefühle, keine Gespräche. Wortlos den Auftrag ausführen. So hatte er es bisher immer gehalten. Und so würde er auch seinen letzten Auftrag durchziehen. Mit einer Gründlichkeit und Professionalität wie immer. Egal, welche Bilder und Vorstellungen in seinem Kopf spukten. Zumal die läppische Balkonszene ihm irgendwie bekannt vorkam. Aus einem Krimi? Aus einem Film? Es fiel ihm nicht ein. Wie konnte er nur so verdammt sentimental sein? Die Frau an der Theke gestern Abend. Wo hatte er sie schon einmal gesehen? Vielleicht erinnerte sie ihn auch nur an irgendjemanden? Oder er hatte sie schon einmal auf einem Foto gesehen? Die Frau ging ihm jedenfalls nicht aus dem Kopf. Warum hatte sie in dem Schummerlicht der Bar eine Sonnenbrille getragen? Er kam gut voran. Nicht dass er müde war, aber einen starken Kaffee konnte er jetzt vertragen. Und Zeit zum Tanken war es auch. Er beschloss, an der nächsten Raststätte eine Pause einzulegen.

Der Kaffee war lauwarm und dünn. Trotzdem fühlte er sich besser, als er den Motor wieder startete. Eine Wolke verdeckte die Sonne am sonst blauen Himmel. Er fuhr zurück auf die Autobahn, schaute in den Rückspiegel. Die Autobahn war leer. Aber auf der Rückbank seines Leihwagens saß eine Frau. Braune, lange Haare, dunkle Sonnenbrille. Er kannte die Frau. Es war die Frau, die er gestern Abend an der Bar gesehen hatte. Die Frau, die ihm schon die ganze Fahrt nicht aus dem Kopf ging. Sie lachte ihn im Rückspiegel an. Bevor er ein Wort sagen konnte, nahm sie die Sonnenbrille ab, griff sich in die Haare, zog die Perücke mit einem Ruck ab. Kurzes, blondes Haar. Grüne Augen. Wie Schuppen fiel es ihm von den Augen. Warum war er nur nicht früher darauf gekommen? Sein letzter Auftrag. Candice. 21 Jahre. Die Frau, für die er seinen letzten Scheck in den nächsten Tagen einlösen wollte.

„Was wollen Sie?“, brachte er heraus.

„Meinen Auftrag ausführen“, sagte sie lapidar.

Er schluckte. Er glaubte, den Lauf des Schalldämpfers durch das Polster des Sitzes zu spüren. Aber das konnte nur Einbildung sein.

„Warum ich?“

Sie zuckte mit den Schultern.

„Ein Auftrag.“

Die Wolke war weiter gezogen. Er klappte die Sonnenblende herunter.

„Hände ans Lenkrad!“

Er nickte. Er musste Zeit gewinnen, wenn er eine Chance haben wollte. Er nahm das Gas weg. Der Wagen wurde langsamer. Sie lachte.

„Dieser Auftrag wird meine Visitenkarte werden."

Er fragte sich, warum er sich hatte breit schlagen lassen, diesen letzten Auftrag überhaupt noch anzunehmen. Er könnte schon längst abgetaucht sein. Irgendwo in Südamerika am Strand liegen, den Ruhestand genießen.

„Sie hätten sich zur Ruhe setzen sollen."

Konnte sie jetzt sogar seine Gedanken lesen?

Autobahnkreuz Mannheim, 1000 Meter.

„Nächste Ausfahrt. Unsere Reise geht zu Ende", sagte sie.

Er setzte den Blinker. Auf Höhe der Ausfahrt zog er den Wagen nach links und trat das Gaspedal durch.

Abgesang

Es war höchste Zeit! Er musste schleunigst seinen Standort auf dem Dach verlassen. Er rutschte aus, verfehlte zu allem Übel die Leiter, konnte sich jedoch an der Regenrinne festhalten. Zum Glück waren es nur etwas mehr als zwei Meter, sodass er es riskierte und losließ. Er landete zwar unsanft aber ansonsten unversehrt auf dem Rasen im Vorgarten. Auch seine Ausrüstung hatte den schnellen Abgang vom Dach heil überstanden. Als er zu seinem Auto rannte, sah er, dass schwarzer Rauch aus dem Dachfenster quoll.

Hätte er doch früher in der Schule aufgepasst. Hätte er doch nicht dauernd die Schule geschwänzt. Sein alter Klassenlehrer hatte schon Recht gehabt. Aber damals hatte er natürlich nicht auf ihn gehört. Klar, dass nichts Vernünftiges aus ihm geworden war. Ich weiß, das hört sich abgedroschen an. Aber was war denn letztendlich aus ihm geworden? Privatdetektiv! So steht es zumindest auf dem Schild seines Büros. Dabei könnte er jetzt einen gescheiten Beruf haben, wenn er sich früher mehr angestrengt hätte.

Montagmorgen. Er hatte überlegt, ob er überhaupt aufstehen und das Büro aufschließen sollte. Es kam ja doch kein Schwein vorbei. Er quälte sich aus dem Bett. Ich überlege, ob ich ihm einen richtig starken Kaffee einschenke, so wie sich das für einen echten Privatdetektiv gehört. Nein, koffeinfrei und mit viel Milch und Zucker. Aber ich lasse ihn an seine Urgroßmutter denken, die sich immer einen Kaffee braute, in dem der Löffel freihändig stehen blieb. Mit Koffein, versteht sich. Sie wurde uralt. Zigarette zwischen den Lippen ist eigentlich ein Muss. Aber mein Detektiv ist Nichtraucher. Nicht wie sein Großvater, der sich eine Overstolz nach der anderen ansteckte.

Er war kurz nach zehn im Büro gewesen. Eine Frau, die ihren Hut ins Gesicht gezogen hatte, sodass er ihre Augen nicht sehen konnte, erwartete ihn schon.

„Sie wünschen?“

„Sie sind Privatdetektiv?“

Er hatte große Lust, ihr die passende Antwort zu geben, aber er dachte an die unnötige Energieverschwendung. Seine Besucherin wollte sich gerade eine Zigarette anzünden, aber er deutete auf das Schild hinter sich.

„Ich möchte Sie engagieren. Sind Sie frei?“

Er hätte in seinem Kalender blättern können, Jahrgang 2001. Werbegeschenk von irgendeinem Bürofuzzi. Er hätte vorblättern können, zurückblättern. Ich könnte ihn ein nachdenkliches Gesicht machen lassen. Ich verzichte auf die Schau, lasse ihn nur auf die Schreibtischplatte tippen und sagen: „Kein einziger Auftrag weit und breit. Schießen Sie los, wenn Sie davon nicht abgeschreckt sind.“

Der Auftrag versprach interessant zu werden. Nicht das Übliche. Frau geht fremd. Ehemann flippt aus, will schmutzige Fotos. Oder umgekehrt. Nicht, dass Sie mich falsch verstehen. Seine Mandantin wollte Fotos. Vielleicht sogar schmutzige Fotos. Das hängt vom Standpunkt des Betrachters ab. Aber seine Mandantin war keine betrogene Ehefrau. Ihr Bruder war gestorben. Sie war sich sicher, dass seine Frau ihn vergiftet hatte. Um an die Lebensversicherung ihres Bruders, immerhin 250 000 Euro, zu kommen. Um das Geld in eine Brustvergrößerung zu investieren. Vermutete sie. Und für diese Vermutung wollte sie Beweise. Handfeste Beweise. Eindeutige Fotos. Den Ehemann vergiften, die Lebensversicherung abgreifen und sich davon die Titten aufblasen lassen! Eine verrückte Geschichte, finden Sie nicht auch? Seitdem zahlreiche, ständig wechselnde Männerbekanntschaften. Sie betonte das mit einer derartigen Verachtung, dass es meinem Detektiv eiskalt den Rücken hinunterlief. Natürlich war sie bei der Polizei gewesen, aber die hatten sie abgewimmelt, hatten sich geweigert, Ermittlungen einzuleiten, von einer Obduktion der Leiche ganz zu schweigen. Herzversagen, so stand es auf dem Totenschein. Und die Schwägerin spielte die trauernde Witwe. Die Versicherung hatte anstandslos die vereinbarte Summe ausgezahlt.

Er postierte sich noch am gleichen Vormittag in seinem unauffälligen, dunkelblauen Golf, älteres Baujahr, vor dem Haus der Witwe. Gepflegter Vorort, schöne Einfamilienhäuser mit Vorgarten. Morgens verließen die beiden Kinder das Haus, ein Mädchen um die zehn und ein etwas jüngerer Junge. Die Mutter begleitete sie bis zum Gartentor. Küsschen zum Abschied. Mittags um halb zwei kamen sie zurück. Auch am nächsten Tag konnte er keine ständig wechselnden Männerbekanntschaften ausmachen. Er schoss fleißig Fotos, die aber auf Grund der Kleidung der zu observierenden Schwägerin wenig aufschlussreich waren. Am nächsten Morgen kurz nach acht entdeckte er, dass ein Dachfenster ziemlich beschlagen war. Dann sah er einen nackten Arm, das Fenster wurde aufgedrückt und eine Wasserdampfwelle bahnte sich den Weg in den Frühlingshimmel. Das Bad, lasse ich ihn die messerscharfe Schlussfolgerung ziehen. Wie kam er in die Nähe des Dachfensters? Dazu müsste ich ihn auf das Dach bugsieren. Aber wie konnte er sich möglichst unauffällig dort bewegen? Neben dem Dachfenster befand sich der Schornstein. Richtig! Sie denken mit. Ich erfinde einen Bekannten, der in der Requisite des Nationaltheaters arbeitet. Er lieh sich bei ihm eine Schornsteinfegermontur aus, dazu eine Kehrstangenhaspel. So heißt das Gerät wirklich. Ich habe genau recherchiert. Dazu einen Handfeger und eine Kehrschaufel. Eine alte Leiter flog noch im Keller herum.

Am nächsten Morgen, als die Kinder zur Schule verabschiedet waren, trat er seinen Dienst als Schornsteinfeger an. Er stellte die Leiter im Vorgarten an, kletterte vorsichtig hoch, ließ die Kehrstange in den Schornstein gleiten und bewegte das Ganze hin und her. Eine vorbeigehende Nachbarin grüßte er freundlich.

„Bye, bye, Junimond, es ist vorbei, es ist vorbei."

Die Textzeile ging ihm nicht mehr aus dem Kopf. Aus den Augenwinkeln sah er, dass die Witwe inzwischen im Badezimmer war. Er knipste wie ein Weltmeister.

„Es ist vorbei."

Verflixt, von wem stammte der Song. Die Frau des verstorbenen Bruders hatte nicht übertrieben. Sie hatte ihm Fotos ihrer Schwägerin gezeigt. Fotos im Bikini. Unauffällig seinerzeit, Sie wissen, was ich meine. Aber jetzt! Im Badezimmer! Der Arzt war nicht knauserig gewesen mit den eingesetzten Silikonpolstern. Was für Möpse! Als sie sich das Badetuch angelte, wusste er, dass er verschwinden musste. Gleich würde sie das Fenster aufmachen. Er hatte ja auch genug Fotos im Kasten. Seine Mandantin würde begeistert sein. Er hängte sich die Kamera um, zog das Kehrgerät aus dem Schornstein und rutschte in diesem Augenblick unglücklich aus. Das Weitere kennen Sie ja bereits. Nur blöd, dass er die Kehrschaufel auf dem Dach vergaß. Sein Bekannter vom Nationaltheater wird nicht begeistert sein.

Sie fragen nach den dunklen Rauchwolken, die aus dem Dachfenster quollen? Woher soll ich wissen, wie die in meine kleine, klar strukturierte Geschichte geraten sind. Woher soll ich wissen, wer auf diese verrückte Idee gekommen ist. Sie wüssten gerne, wie es weitergeht? Ich kann Ihre Neugierde verstehen. Aber ich muss Sie enttäuschen. Eine Geschichte ist genau dann zu Ende, wenn sie zu Ende ist.